史上最強の大賢者、転生先がぬいぐるみでも最強でした
2
The Strongest Magical Teddy Bear!
ジャジャ丸
イラスト◎わたあ

「ねえ、魔法研究ってどんなことしてるの？」
格闘センスの塊
ティアナ・ランドール
ぬいぐるみ賢者
ラルフ・ボルドー

魔道具商会の娘
リルル・マッカートニー
「魔法そのものを物質として
ストックする技術の開発っすよ！
どんな人間でも魔法が使える魔道具を作るんす!!」
『ほほう？
そりゃあ面白いな』

王国最強の魔女
ニーミ・アストレア
「師匠が、死んで……私、
ずっと、一人で……三百年も……
う、わぁあ……‼」
『本当に、ごめんな。
それから……ただいま、ニーミ』

GC NOVELS

史上最強の大賢者、転生先がぬいぐるみでも最強でした

The Strongest Magical Teddy Bear!

2

ジャジャ丸
イラスト◎わたあめ

プロローグ

聳《そび》え立つのは、見上げるほどに巨大な外壁。

外敵の侵入を阻むために造られたその壁は四方に関所があり、面倒な手続きをこなすことでようやく中の町へと入ることが出来る。

しかし町に入って尚《なお》、まず目につくのは荘厳な城や石造りの街並みなどではなく、更に奥に立つもう一つの外壁だった。

町の拡張に合わせて新しい壁を追加で建造する形で発展してきたこの町は、俺の知る三百年前からも外壁を増やし、今や四重の壁で守られる大陸一強固な防備を誇る都市として知られている。

王都アーメルン。ここアルメリア王国の中心となる場所だ。

「見てラル君、あそこで大道芸してる人がいるよ、ほら！」

『ティアナ、あんまりはしゃぎすぎると馬車から落ちるぞー』

華やかさや賑《にぎ》やかさ以上に厳《いか》つい空気感のある王都だが、ティアナにはそんなことは関係なかったようだ。到着するや否や、窓の外を指差し今にも跳ね回らんほどに興奮している。

その幼い碧の瞳を好奇心に輝かせ、狭い馬車の窓から身を乗り出せば太陽の光を浴びた白銀の髪が宝石のような煌《きら》めきを放つ。

小さな全身から常に明るくほんわかとした空気を醸し、傍《そば》にいるだけで思わず笑顔になってしまうその姿は、まるで愛らしい小動物のよう。身に纏う白のドレスがなければ、とても貴族とは思えない。

そんなティアナだけど、実は魔法が上手く使えないという生まれもった体質のせいで、長らく周囲の貴族からはバカにされ続けて来たと聞いている。

だから、貴族が多く集まる王都なんて嫌な思い出しかないだろうと思ってたんだけど、今楽しげに笑う少女からは、とてもそんな陰鬱とした感情は窺《うかが》えない。

本当に大丈夫なのだろうかと、少し遠回しに尋ねる俺に、ティアナは変わらず元気な声で答えた。

「えへへ、だってラル君と一緒に王都に来るのは初めてだもん、なんだか楽しくなっちゃって」

『そうか、ならいいんだけどな』

笑顔満開のティアナを撫でてやると、益々嬉しそうに顔を綻ばせる。

三百年前、魔王と戦って命を落とした俺が、ブサイクなぬいぐるみの体で現代に転生して早三ヶ月。

元々は大賢者なんて呼ばれるくらいの力を持っていたのに、野良犬にまで弄ばれてボロボロになるほど弱い存在になってしまった俺が、今ではこうして普通に人と触れ合い、力を取り戻すヒントを得るためにかつての弟子を訪ねて王都までやって来れた。

それもこれも、ティアナがその身に宿す莫大《ばくだい》な魔力の一部を俺に供給しながら傍にいてくれたお陰だ。感謝してもしきれないし、俺自身の目的は別にしても、出来る限り力になってやりたい。

そんな思いを内に秘めながらも、今これ以上突っ込むのはありがた迷惑だろうと考えた俺は、脇道に逸《そ》れかけた思考を今の会話に引き戻す。

『しかし、ティアナが興奮するのも分かるっていうか……随分と発展したな、この王都も』

どうしても、第一印象に外壁がもたらす息苦しさが先行する王都だが、それを乗り越えゆっくりと辺りを見回せば、確かに面白いものがいくつも散見される。

例えば、ティアナが呟《つぶや》いた大道芸人の魅せる空中舞踏。

風の魔法を使って空中に浮かび、光の魔法で小人のような幻影を作って一緒にダンスしているみたいなんだが、これだけの数の魔法を並行して使えるなんて驚きだ。

その秘密は、どうやら彼が使っている魔道具にあるらしい。

俺の時代では、魔道具と言っても魔法の発動を補助する道具という意味合いが強かったんだが、この時代ではそれが更に発展し、素質さえあれば特別な訓練なく誰でも簡単な魔法を自動で使える代物なんだと。その力を借りることで、こうしていくつもの魔法を同時に操っているように見せているわけだ。

素質さえあれば、ってところがまだネックではあるけど、便利な世の中になったもんだなぁ。

他にも、俺の時代じゃ到底平民が手を出せなかったような別大陸の食材を使った料理が、当たり前のように露店で売られていたり、平民の纏う衣服も、三百年前と比べたら随分と綺麗《きれい》で上等なものになっていたりと、国の発展ぶりが窺える。

俺が魔王と戦ったのは、あくまで自分のためだけど……あの戦いが少しでもこの発展に寄与出来ているのだとしたら、悪い気はしない。

『まあ……それでもあのピエロ装束のセンスはどうかと思うんだが』

「ええ⁉　あんなに可愛いのに⁉」

『かわ……えっ、あれが？』

心底驚いた顔のティアナに釣られてもう一度大道芸人を見るが、左右非対称の変な表情をしたお面と、奇抜な色合いのカラフルな道化衣装はどう取り繕っても奇妙という言葉が相応《ふさわ》しい。むしろ、そんな印象を与えることを目的としてデザインされたんじゃないだろうか？

俺のどう見てもブサイクな見た目も可愛いと言って憚《はばか》らないし、ティアナのセンスはいつも謎だな。

『まあ、それについてはおいおい話し合うとしてだ。……ティアナ、一つ聞きたいんだが』

「うん？　なに？」

『あそこにある神殿、一番目立つ中央に置かれてるのが俺の知ってる神様と違うんだが、どうなってんだ？』

何となく嫌な予感を覚えながら、俺は遠目に見える神殿を指し示す。

〝聖人〟が大きな発言力を持つことからも分かる通り、この国は教会の力がとても強い。

その教会のシンボルであり、権威の象徴とも言えるものが神像なのだが……俺が知っている
それと、造形がまるで違う。

いや、見覚えはある。今の時代に来てから一度、見た記憶はあるんだ。

けど、記憶にあるそれと目の前のそれが同一の物だと信じたくない。なぜなら。

「ああ、あれはラル君の像だよ。神様ならほら、その隣に」

『待てぇぇぇぇぇ!! おかしいだろ、なんで俺の像が神像より目立つところに置かれてんだよ⁉ 信仰心はどこへ消えた⁉』

ランドール領で見た俺の像と、瓜《うり》二つだったからだ。

本当にどうしてこうなった。三百年の間に何が起きた⁉

「私が初めて王都に来た時からこうだったよ？ それに大丈夫だよ、あれはあくまでラル君のために建てられたラルフ神殿で、本殿はまた別にあるから」

『待て待て待て。えっ、ラルフ神殿ってクルトが言ってたアレだよな。なんで王都にそんなもんがあるんだ⁉』

「なんでっていうか、お父様も王都であの神殿を見てから欲しいって言い出したから」

『諸悪の根源は王都かよ⁉』

俺はてっきり、ランドール領の連中が特殊なだけだと思っていた。何ならガルフォードの奴もそれっぽいこと言ってたし、きっと他の土地はそうでもないはずだと。

でも、どうやら現実は違ったらしい。まさか王都でまで俺の名前が奇妙な広がり方をしてた

なんて……いや確かに、クルトの奴も俺の演劇は王国中で流行《はや》ってるとかわけ分からんこと言ってたけどさ……絶対誇張して言ってるとばかり……。

『王都にはニーミがいるんだろ？　なんでこんな神殿が建つのを黙って見てたんだ……俺の伝承が脚色塗《まみ》れなことくらい、あいつなら分かってるはずなのに』

俺が王都を訪れた最大の理由、三百年前に唯一弟子に取っていたエルフの少女を思い浮かべ、文句を口にする。

そんな俺に、ティアナはなんとも無邪気な予想を語り出した。

「ニーミ様も、ラル君のことが好きだったからじゃないかな？　好きな人のことは、みんなにも好きになって欲しいもん。良いところいっぱい教えちゃうよ」

『ティアナは良い子だな……でも残念、それはない』

あいつからすれば、俺は魔法のことしか頭にないダメ人間だからな。聖人に相応しくないってことも、他人から尊敬されるような存在じゃないってことも、あいつが一番よく分かってる。

それなのに、わざわざ俺の悪評を吹っ飛ばすような嘘八百並び立てるなんて真似《まね》するわけねーよ。

「そうだと思うんだけどなぁ」

そう伝えるも、ティアナは納得いかない様子。

まあ、それもこれもニーミに会えば分かることだし、これ以上ここで喋っても仕方ないな。

『ニーミは学園長って言ってたよな？　魔法学園に行けばいつでも会えるのか？』

そういうわけで、俺は話の主軸をニーミの現状へと移し替える。いくら学園長だって言っても、忙しくあっちこっち飛び回るような生活をしてたら捕まえられないし、実は気になっていたのだ。

でも、ティアナ曰くその心配はないらしい。

「いつでも会えるってわけじゃないけど、ニーミ様が王都から離れることはほとんどないから、大丈夫だと思う！」

『そうなのか？』

有名な魔法使いなら、かつての俺みたいに各地で起こった問題解決のために引きずり回されるものと思いきや、そうでもないのか。

「うん。ほら、王都のあっちこっちに、騎士の像が置いてあるでしょ？」

『ん？　ああ、そうだな』

ティアナが指差した先には、確かに王都の景観を出来るだけ損なわない形で、騎士を模した像が配置されている。

ただの飾りにしては数が多いとは思っていたんだが、あれがどうしたんだろうか？

「あれ、全部ニーミ様のゴーレムなんだって。緊急時にはあれを使って王都を守るのがニーミ様の役目だから、普段はずっと魔法学園の自室にいるんだって、お父様が言ってたよ」

『へえ、あれ全部ニーミの？』

予想外の情報に、俺は内心で舌を巻く。

ニーミの魔法は、エルフ独自の精霊魔法と、人が造った人形魔法……ゴーレムを造り使役する魔法の合わせ技だ。

土魔法で作り上げたゴーレムに自身の精霊を宿し、魔力に乗せて簡単な指示を飛ばすことで、感覚を共有したり距離を無視して多数のゴーレムを操ったりと、元々かなり応用の利く強力な魔法ではあった。

けど、馬車の中からざっと見渡すだけで、周囲には数体のゴーレムがある。ここはまだ王都の端も端。外縁区の入り口でしかないことを考えたら、王都全体では千を超える数を配置してるんじゃないだろうか？

『像の中には確かに精霊っぽい気配はするから、誇張じゃなくて本当に全部ニーミの制御下にあるのか。もしこれを全部同時に操れるんだとしたら……ニーミの奴、随分成長したんだな』

俺が覚えているニーミの技量では、精々十体程度までしか同時に操るのは不可能だったはずだ。

それを、俺が知らない間にここまで伸ばしたんだとすれば……よっぽど頑張ったんだな。なんていうか、感慨深い。

『なんだか、益々会うのが楽しみになってきたよ』

「私も、ニーミ様と会うのは初めてだからどんな人なのか楽しみ！」

楽しげなティアナに抱かれながら、馬車に揺られて王都の町中を進む。

外縁区を抜け、二つ目の壁を越えた先に広がるのは市街区。商業施設が軒を連ねる他、平民の中でも比較的裕福な者が暮らすための高級住宅街のような場所らしい。

そんな市街区をも越え、もう一つ壁を隔てた先にあるのは、主に貴族達が王都で過ごすための別荘や邸宅が立ち並ぶ貴族区。

ランドール家の本邸よりも更に大きな建物に圧倒されながら貴族区の奥へ向かうと、そんな貴族達の屋敷すら超える魔法学園へとついに辿り着いた。

……のだが。

『……えー……』

入口で馬車を預け、ここまで付き添ってくれたランドール家の使用人に別れを済ませた後（原則、学園内に付き人は連れて行けないらしい）、ティアナに抱かれて門の前まで来た俺は、思わず現実逃避気味にそう呟く。

王都の町中にも、ラルフ神殿が何の違和感もなく受け入れられるくらいに俺への偏見が根付いていた。

だがそれも、この場所に比べればかなりマシだったと断言出来る。

さながら新入生を歓迎するように、左右一体ずつ杖を交差させる形で造られたラルフ像の門。

それを越えた先、生徒達が休むために造られたであろう庭園の中央にもまたラルフ像。

ティアナがこれから過ごすことになる寮にも同様にラルフ像が設置され、そこで受け渡された教科書類には俺が愛用していた杖をモチーフにした学校章が燦然《さんぜん》と輝く。

王都の歴史について纏めた教科書をペラペラとめくれば、俺がかつて起こした数々の事件、それを曲解に曲解を重ねて賛美しまくる捏造《ねつぞう》された歴史がこれでもかと記されている。

本当に、もはやどこから突っ込んだらいいのかも分からないほどの俺に対する無言の賛美の雨霰《あめあられ》に曝され、ティアナが過ごす寮の部屋までやって来た俺は完全に力尽きていた。

『なあティアナ、ニーミはこの学園の長なんだよな？　この学園については概《おおむ》ねあいつが決定権を持ってると思っていいんだよな？』

「え、ええっと、たぶん……？」

『俺、会うの怖くなってきたんだけど……』

本当にニーミなのか？　実は同じ名前の別人だったりしない？

それとも、俺がこういうのを嫌がることを知ってて、わざとやってるんだろうか。勝手に一人で死んだ俺に怒ってんのかなぁ。

……あのゴーレム軍団を扱う技量を考えると、今の俺がニーミに本気で襲われたら死にそうなんだけど。大丈夫だろうか？

「だ、大丈夫だよ！　ほら、まずは会ってみなきゃ分からないって言ってたでしょ？　元気出して！」

『おう、そうだな』

挫《くじ》けかけた心を奮い起こし、俺はティアナと共にニーミがいる学長室を目指して移動する。

しかし、貴族区の中でも最大の敷地面積を誇る魔法学園は、田舎から出て来たばかりの俺達が歩くには少々難易度が高すぎた。

校舎だけでも複数あるこの学園で、案内もなしにたった一つの学長室を目指せるわけがなかったのだ。

「うーん、ここどこだろう？」

挙げ句、フラフラと歩き回り過ぎたせいで現在地すら分からなくなってしまう始末。

ううむ、まさかニーミに会う前にこんな罠が待ち構えているとは予想外だった。

『近くの人に道を聞くしかないだろうな。俺の魔法でざっと探してもいいんだけど……』

「流石《さすが》に、こんなところで勝手に魔法を使ったら怒られちゃうよ」

『だよなぁ』

魔法は力だ。それも、使い方次第で人を殺し、町を滅ぼすことすら可能なほどの。

いくら使おうとしてるのが索敵系の無害な魔法とはいえ、そんな広範囲でやったら敵襲なんかと間違われても文句は言えない。

『まあ、どのみち今の俺はまだ自力じゃそこまで大規模な魔法は使えないんだが』

「そうなの？　この前作った魔石は？」

『こいつはまだ出来たばっかりで不安定だし、魔力の生成量も多くない。まだまだ、多少動いて喋るのが関の山だよ』

ティアナの質問に、俺は肩を竦《すく》めてそう答える。

三百年前に俺が相討ち同然に封印した魔王……その封印しきれなかった体の一部を使って作られた、魔王薬と呼ばれる薬。

少し垂らすだけで土地の魔力と結び付き、大量の魔物を生み出し使役することが出来るという驚異的な力を持ったそれを使い、ガルフォード・ドランバルトがランドール領で大災害を巻き起こした。

三ヶ月前、俺とティアナが解決したその事件の結果として、俺の体には今、魔王の力を元に作り出した魔石が宿っている。

こいつのお陰で、転生したばかりの時は一切の魔力を持たなかった俺にも、自分の魔力と呼べるものが手に入った。

とはいえ、その量はティアナやかつての俺の保有していた魔力と比べれば微々たるもので、生まれたての赤ちゃんと大差ない。もしちゃんとした魔法を使うなら、ティアナの力は必須だ。

『というわけで、俺は今も変わらずティアナがいないと何も出来ないから、離さないでくれよ』

「うん、分かった！」

嬉しそうに俺を抱き締めるティアナにほっこりしながら、さて人を探そうかと移動を始める。

新入生が続々と学園にやって来る季節ということもあってか、さっきから忙《せわ》しなく動き回っている人は多い。

あまり迷惑をかけるのも何だからと、出来るだけ手の空いてそうな人を見繕うべく視線を巡らせ――

「バウッ!!」

「へ？」

『ん？』

不意に、近くの茂みから飛び出して来た犬っころによって、俺の体はかっさらわれた。

ちょ、またかよ⁉　こちとらティアナがいなきゃ満足に魔法も使えねえってのに！　つーか、なんで学園の中に犬がいんの⁉　警備はどうした⁉

「ああ！　ワンちゃん待って、ラル君を持って行っちゃダメー！」

大急ぎで駆け出し、俺を咥《くわ》えた犬を追いかけるティアナ。

しかしそこへ、運悪く周りの通行人が複数、前を横切る。

視界と進行方向を遮られ、ティアナの足が止まる――ことはなかった。

「やあぁぁぁぁ‼」

ティアナの全身から銀色の魔力が溢《あふ》れ出し、幼い体を強化する。

膨大な魔力が励起《れいき》した余波で同色の髪が舞い上がり、漲《みなぎ》る力がたった一歩の踏み出しで大地を砕く。

通行人達の頭上を大きく飛び越えたティアナは、その先にいる犬へと手を伸ばす。

「ワンちゃん、止まりなさーい！　いないいないない……」

ぐっと握り込んだ拳に、魔力が篭もる。

それをパッと開くと同時、犬の目の前に魔力で象《かたど》られたゴブリンの変顔が出現した。

「ばあっ‼」

突然現れたゴブリンに、流石の犬っころも驚いたのか。半ば体当たりするように突っ込むと同時、それまでの爆走が嘘のようにおとなしくなる。

そこを逃すことなく、地面に着地したティアナは犬をひっ捕らえた。

「ふー、危ない危ない。ラル君、大丈夫？」

『おー、俺は平気だぞ。今回は運ばれただけだしな』

俺を取り戻してくれたティアナは、またどこか解《ほつ》れてないかと気遣ってくれる。

その後、犬の方も「もう人の物を盗っちゃダメだよ」と言って解放したんだが……あんにゃろう、俺を見て小馬鹿にしたみたいに鼻を鳴らしてから逃げていきやがった。

ぐぬぬ、覚えてろよ……！

「ふーん……魔力を凝固させて作る一種の幻影、か。お遊びのような魔法だけど、中々の精度ね」

そんな風に去っていく犬に気を取られていると、不意にティアナへと声をかける人物が現れた。

ついさっき、こんなところで魔法を使うのはまずいと言ったばかりだからか、まるでイタズラが見付かった子供のように恐る恐る振り返るティアナ。けれど俺は、そのゆっくりとした動きが終わるよりも前から、声の人物が誰なのかすぐに分かった。

森林を思わせる緑の髪に、黄金色の瞳。そして何より特徴的なのは、鋭く尖った長い耳。

記憶にあるよりも成長した体には女性らしい丸みも生まれてはいるが、成長が遅いエルフだからか身長はあまり伸びていないように思う。

「貴女、ランドール家の子よね？　ちょっとお話いいかしら」

かつて俺が弟子に取った、たった一人の少女。ニーミ・アストレア。

過去の俺を知る家族同然の存在と、ついに再会を果たしたのだ。

「あ、はい！　初めましてニーミ様、私、ティアナ・ランドールです！　よろしくお願いします！」

「元気な子ね、よろしく」

ペコリと頭を下げるティアナに、ニーミは苦笑交じりに挨拶を返す。

ここはランドール領じゃないんだから、挨拶は貴族式のものを使うべきなんだが、緊張で頭から抜けてたな。仕方ない。

『ニ――』

そう思い、俺もニーミに声をかけようとした瞬間。

ニーミの手が閃き、いつの間にか空間魔法によって取り出された長杖が、俺の眼前に突きつけられていた。

「ひゃっ⁉」

突然の事態に驚いたティアナが尻餅を突き、戸惑うような視線でニーミを見上げる。

そんなティアナを見てハッとなったニーミは、杖を引きながらティアナを助け起こす。

「ごめんなさい、今一瞬、奇妙な魔力を感じたものだから」

「い、いえ、大丈夫です……」

その間も、ニーミの視線は変わらず俺に注がれていた。

トパーズのように美しくも冷たい輝きに射貫《いぬ》かれて、俺は声をかけるどころか、身動《みじろ》ぎすることすら出来ない。

あれぇ……？　うちの弟子、こんなに怖かったっけ？　もうちょっとこう、良くも悪くも子供っぽい奴だったんだが。

それに、今の一瞬で俺の出す魔力に反応して杖を出したのか。全然反応出来なかったぞ。

「っと……話が逸《そ》れたわね。貴女には、ランドール領で起きた事件について聞きたいことがあったの」

「事件について……ですか？」

思わぬ質問に、ティアナは迷うように俺へと視線を流す。

あの件については、あまり大っぴらに喋れないことが多かったからな……ニーミなら大丈夫だとは思うけど、どうするか俺に確認したかったんだろう。

「ガルフォード・ドランバルトが起こした大規模テロを解決した貴女が、大賢者ラルフ・ボルドーの再来だとランドール領で持て囃《はや》されている、という噂を耳にしてね。本当なのかしら？」

「違います!!」

ただ、今回の質問に関しては、俺がとやかく言う必要はなかったらしい。もはや条件反射に近い速度で否定するティアナに、ニーミは少々肩透かしを食らったかのように「そうなの？」と呟《つぶや》く。

「私が集めた情報では、魔王の遺物すら使われるほどの大事件だったそうだし、それを一人で解決するほどの力を持っているなら、あながちあり得ない話でもないと思ったのだけれど。それとも、その情報から間違っているのかしら？」

「え、えっと、私が解決したわけじゃないというか……」

「なら、誰が解決してくれたの？　少なくとも、ファミール家の子じゃないというのは聞いているのだけど」

「それはその、この子が……」

ニーミの放つ迫力に、魔人化したガルフォード相手にすら一歩も引かなかったティアナががたじたじになる中、恐る恐る俺の体を差し出す。

途端、ティアナ相手にも少しばかり鋭かったニーミの瞳が、敵意すら浮かぶほどに冷徹な光を宿し始めた。ひいっ。

「そのぬいぐるみが……なんですか？」

「この子の力で、あの事件を解決したんです。ね、ラル君？」

ティアナも悪気はないんだろう。元々、俺はニーミと話がしたくてここまで来たんだし、その切っ掛けを作ろうとしてくれているのは間違いない。

だけど困ったことに、俺はそんなティアナの想いを汲《く》んでやることが出来なかった。

「……どんな力があるのかしら？　そのぬいぐるみに」

「え？　えっと……ラル君？　ラル君、挨拶は？」

いや、そのな？　ニーミがさっきから、凄いゆっくりと杖に魔力を込めまくってんの。俺が何か変なことしたら、一瞬で消し飛ばすって顔してんの。

ここで下手を打つと、せっかく転生したのに弟子の手で殺されるなんてアホな事態になりかねない。喋るどころか、魔法発動の兆候すら見せる勇気が持てないんだ。

チキンだなって？　なんとでも言え、俺はニーミにだけは頭が上がらんのだ!!　ただでさえ転生前から俺にとって唯一苦手な相手だったのに、なんかめちゃくちゃ強くなった上にこんな恐ろしい目で睨《にら》まれてたら何も言えねーよ!!

「……まあ、噂には尾ひれがつくものだし、別にいいわ」

俺が黙りこくっていると、ニーミの方から引き下がってくれた。

内心でほっと息を吐くも、そんな俺の代わりにティアナへとニーミの視線が突き刺さる。

「ただ、貴女がラルフ・ボルドーの再来だという噂、王都でも結構広まっているから、気を付けた方がいいわよ」

「えっ⁉」

……まあ、あれだけ派手な大立ち回りをして、レトナ達ファミール家とドランバルト家、侯爵家が二つも関わるほどに大きな事件になったんだ。王都に何の情報も伝わってないとは思わなかったけど、ティアナが俺の再来として扱われているとはな……。

今の俺はティアナの魔力で戦ってるし、俺がティアナの一部と考えればあながち間違いでもないのがなんとも言えないが。

あんまり目立ちたくない俺としては、そっちの方が都合が良いとも言う。……いや、下手したらランドール領以上のラルフ崇拝が起こってそうな王都で身バレするとか絶対死ぬわ。すまんが俺の分まで頑張ってくれ、ティアナ。骨は拾うぞ。

「王都……いえ、この王国にとって、ラルフ・ボルドーの名は特別なものだから。貴女自身にその気はなくとも、その名を背負わされていれば良くも悪くも注目が集まるのは避けられないでしょう。覚えておきなさい」

「は、はい……」

忠告とも、老婆心とも取れる言葉を告げるニーミに、ティアナはこくこくと何度も頷く。

そんなティアナの頭を軽く撫でると、ニーミはそれまでの冷たい瞳を少しだけ和らげた。

「時間を取らせてごめんなさい。どこかへ行こうとしていたみたいだけれど、もしかして迷子かしら？」

「あ、はい。えっと……寮への戻り方が分からなくなっちゃって」

「なら、お詫びというわけじゃないけれど、私が案内してあげるわ」

元々はニーミを探していたんだが、それ自体は既に目的を達した。

代わりとしてティアナが場所を提示すると、ニーミはくるりと杖を回転させ、魔法を発動。足下の地面から土が盛り上がり、小さなゴーレムを形作った。

「この子についていけば、寮まで戻れるわ。この学園は広いけど、授業のために校舎内をあちこち移動することが多いから、出来るだけ早く道を覚えるように。分かった？」

「はい、がんばります！」

「よろしい。それじゃあ、またね」

くるりと踵《きびす》を返し、足早に去っていくニーミ。

こうして、三百年越しにニーミと再会を果たした俺は、ただの一言も発することすら叶わず、その邂逅《かいこう》を終えるのだった。

2

「ニーミ・アストレア様の圧が凄かった、ですの？　……まあ、ニーミ様ですし、当然では？」

ニーミのゴーレムに先導されて寮に戻った俺達は、偶々《たまたま》遭遇したティアナの友人、レトナの部屋でお茶を嗜《たしな》みつつ、先ほどの顛末《てんまつ》を話していた。

この子はファミール侯爵家の令嬢で、ティアナと同い年の十二歳ながら既に一人前の貴族と言えるくらい世情に詳しく、知識も多い。

そんな彼女なら、ニーミの現状について確認も出来るだろうと思って聞いたんだが……どうやら、あれが普通の態度だったみたいだな。

「ニーミ様はラルフ・ボルドーの死後、弱体化した王国を攻め滅ぼそうと企《たくら》んだ周辺諸国の軍勢に対し、たった一人で立ち向かった英雄ですわ。その圧倒的な強さと、隙のない凛《りん》とした佇《たたず》まいからファンも多く、彼女を聖人へと推す声も強いんですの。これについては、当のニーミ様本人がそれを辞退しているそうですが」

「聖人を辞退？　なんで？」

「その称号は師匠の物、私が持つべきじゃない、だそうですわ」

レトナにしては珍しく、その真紅の瞳に憧憬の輝きを宿しながら、ふふんと歳の割りに大きな胸を張る。

ファンが多い、って他人事みたいに言ってるけど、実際のところレトナ自身もニーミを目標にしてるのかもしれないな。

俺がいない間に、あいつも本当に成長したんだな。師匠として、それ自体は非常に喜ばしいんだが……三百年もこの王国を守って来たなら、俺なんか目じゃないくらいニーミの方が聖人に相応《ふさわ》しいだろ。それなのに、どうしてそのニーミ以上に俺が持て囃される事態になってるんだよ。

「王都におけるラルフ・ボルドーの人気の高さも、概《おおむ》ねニーミ様の力添えによるところが大きいですわね。三百年経って尚《なお》ただ一人の師匠に想いを寄せる麗人として、貴族淑女の皆さまにとっては常に憧れの的。嘘か真か、王国で流行《はや》っている彼が主役の演劇も、ニーミ様が脚本の製作に協力したという噂ですわ」

『嘘だろ、ニーミが全ての元凶なのかよ……』

ぶっちゃけた話、俺は悪事ばかり重ねてきた。それなのに三百年経ってるからってどうしてこんなに崇《あが》められているのか、ずっと疑問だった。

けど、まさか俺の代わりに国を救いまくったニーミが俺を持ち上げてるからだなんて、誰が予想出来ただろうか。

弟子よ、俺はもうお前が分からんよ。どうしてそうなった。

「ですから、先生の正体がそのラルフ・ボルドーだと知れば、ニーミ様も喜ぶでしょう。ずっと恋焦がれていた相手ですし」

『恋はねえよ。それはただの創作だっての』

「ただ……そう簡単にはいかないでしょうね」

『聞けよ人の話を』

俺のツッコミをスルーしながらも、レトナは厄介な問題について語り出す。

ニーミの手で、俺の名は広く王国中に知れ渡り、ここ三百年で唯一の聖人として崇められている。

ただ、そうして高まった俺の名を、本当の悪事に利用しようとする輩《やから》もいたらしい。

「私も知識として知っているだけですので、詳細は分かりかねますが……ちょっとした詐欺紛《まが》いの関連商品を売るくらいなら可愛いもので、戦争直後の動乱期には、先生の名を使って信者を集め、国家転覆を謀ろうとした大罪人もいるそうですの。ラルフ・ボルドーの名の下に集え勇者、愚かな王権を打倒するのだ、と……聞いた話では民衆だけでなく力ある貴族までも、多くの者がその旗下に集い、王都が一時占領されてしまうところまで行ったそうですわね」

『マジかよ……』

俺の名前、影響力強すぎないか？

いやまあ、戦争直後は色々と民の不満も溜まりやすいから、そこを上手く突かれたってのもあるんだろうけどさ……。

「そのクーデターは結局、ニーミ様が平定したそうですけれど……それ以来、この王都でラルフ・ボルドーの名をニーミ様の許可なく騙《かた》ると、火炙《ひあぶ》りにされても文句は言えませんわ」

『怖えよ⁉』

え、何それ。俺の正体がバレるバレない以前に下手したら殺されるの？　王都怖っ‼

『なあ、ティアナは今、俺の再来だって噂になってるみたいなんだが、そっちは大丈夫なのか？』

けどそんな恐怖以上に気になるのは、ティアナの扱いだ。

多少の面倒事なら押し付ける気満々だったけど、火炙りの恐れまであるとなったら流石《さすが》に丸投げするわけにはいかない。

「それは大丈夫だと思いますわ。魔法の素質が飛び抜けて高い人が出て来る度、大賢者の再来だなんだと言われたことはこれまで何度もありましたから。あまり自分から吹聴《ふいちょう》するようだと良い顔はされないでしょうが……ティアナに限って、そんなことはないでしょう？」

「当たり前だよ、私ラル君じゃないもん」

ぷんすこと可愛らしく頬を膨らませ、ティアナが文句を口にする。

ティアナとしても、流石に劇物扱いの俺の名を背負わされるのは嫌らしい。当然だな。

「ラル君はちゃんとここにいるんだから、褒めるならちゃんと本人にするべきだよ！　ランドールのみんなを助けてくれたのはラル君なんだから！」

と思ったら、俺が評価されないことに対して怒っていたらしい。

いやティアナ違う、そうじゃない。むしろ褒めないでくれ、まだ焼かれたくない。

「まあ、ティアナが先生を好いているのはどうでもいいですが、ニーミ様の忠告もあながち間違いではありませんわ。先生の正体は、出来る限り隠した方がいいでしょう」

「どうでもよくはないけど、分かった」

『異議なしだ』

素直に頷いてくれるティアナに胸を撫で下ろしつつ、今後の方針を共有する。

俺の正体を隠すとなると、ニーミに会うのも難しいな。断じて焼かれるのが怖いわけじゃないが、もう少し様子を見た方が良さそうだ。

『なら、ひとまず今は明日の……入学後の適性試験だったか？　そいつに集中するべきだな。ティアナはこれからギリギリまで詰め込むことになるだろうけど、レトナはどうだ？』

この魔法学園の主な目的は、魔法の技術と基礎教養を学ぶことだ。

基本的には次代を担う貴族子弟全員が一度はこの学園に籍を置くことで、領地経営や国防のためのノウハウを学び、貴族全体としての質を高めて国力の安定と向上を目指す。そういった理念の下に建てられた学園なんだと。

とはいえ、魔法っていうのは生まれつきの適性によって、習得可能な魔法が大きく変わってしまう。知識だけなら全て学ぶべきだが、実技となるとやるだけ無駄な要素がどうしても出て来てしまうのだ。

それを避けるため、入学と同時にまず個々人の適性を見て、今後の指導方針を決める。そういった名目で行われるのが適性試験だ。

……そういうことなら実技だけでいいんじゃないかと、俺も話を聞いた時は思ったんだが……貴族ってのは全体的に名誉と誇りを重視する都合上、実技の試験ばかりやってそちらの成績で上下が決まると、特にそんな意図はなくとも軍事系の家柄の子が無駄に発言力を強くする傾向がある。最悪の場合、それが卒業後の派閥争いにまで波及するので、筆記系の試験も一緒にやって成績を貼り出すことでバランスを取るらしい。この学園では、実技も筆記も重視してますよ、というポーズだな。

なんとも、面倒な話だ。特に、ティアナみたいに勉強が苦手な子にとっては。

「一夜漬けなんて、栄えあるファミール家の一員である私がすることじゃありませんわ。軽く復習こそしますが、勉強は既に完璧ですの。今年の首席入学は私で決まりですわ」

一方で、レトナみたいに優秀な子にとっては日頃の成果を披露する場ということで、むしろ気合いが入るようだ。肩にかかった金色の髪をかきあげて、渾身《こんしん》のドヤ顔を披露している。

試験の前にこの調子だと、普通は失敗した時の心配をするところだけど……まあ、レトナに限っては大丈夫か。

「うぅ、レトナはすごいなぁ……ううん、私もがんばらなきゃ！　見ててねラル君、私も一番目指すから！」

『そうか。じゃあ、一緒に頑張るか』

ぶっちゃけ、ティアナが勉強でレトナに勝つのはまず無理だけど、やる気を出しているところに水を差す必要はない。

なんだかんだで一緒に勉強することになったレトナと共に、その日は夜遅くまでみんなで勉強に励むのだった。

3

「ふあぁ、んー……おはよぉ、ラル君……」

窓から差し込む朝日に照らされ、ティアナがゆっくりと瞼《まぶた》を開ける。

目の前に転がる俺を見てぎゅっと抱き込む幼い少女にほっこりしつつ、まだ寝ぼけ眼なその顔をつついて覚醒を促す。

『ああ、おはようティアナ。今日は試験だ、早く支度しないと遅刻するぞ』

「んぅ、はーい……」

ぽやぽやとした雰囲気のまま起き上がり、ティアナが着替えを済ませるのを待つ。

何度も船を漕ぎ、寝癖もそのままにフラフラと外へ向かおうとするティアナを引き留めて、身嗜《みだしな》みを手伝いながら水魔法を使って顔も洗わせて……。

うん、なんだか親にでもなった気分だな。俺の面倒を見ていたニーミも、もしかしたらこんな気分だったのかもしれない。

『これでよし。行くか』

「うん、ありがとうラル君！」

バッチリ目が覚めたのか、いつもの笑顔でお礼を言うティアナにほっこりしつつも、イカンイカンと気を引き締める。

今日のところはまだティアナしかこの部屋にいなかったが、この寮は二人部屋なので、試験が終われば相部屋になる子が一人ここに来るはずだ。そうなれば、いつもいつも俺が起こすわけにはいかないだろう。今日からティアナも学生なんだ、自分のことは自分でしっかりやって貰わないと。

「遅いですわよティアナ、今日は試験ですのに」

「『……………』」

「うん？　どうしたんですの？」

そうして部屋を出た俺達は、待ち構えていたレトナと遭遇した。

いつものように綺麗《きれい》に整ったドレスを纏い、眠気を感じさせない赤の瞳には試験に対する並々ならぬ意気込みを感じさせる。

ティアナと違い、まさに完璧なお嬢様と言ったところだ。……金色の髪が、寝癖だらけで四方八方に撥ね回っていなければ。

『レトナ、もしかして寝坊しかけたのか？』

「私と同じだね！」

「んなっ⁉　なぜバレて……ハッ、髪がまたあちこち撥ねて⁉　ちゃんとセットしたと思っていたのに……‼」

どうやら、レトナもあまりこういうのを一人で行うのに慣れていないらしい。大慌てで手櫛を使って整えようとしているが、全く上手くいっていない。

うん、なんというか……貴族の娘ならこれくらいが普通なのかもしれないな。

いつになく無防備なレトナの姿は見ていて癒されるが、あんまり放置しておくのも可哀想だし、手伝ってやるべきか？

とはいえ、俺はそういう髪のセットとか門外漢だしなぁ……。

「お嬢様、私が整えますので大丈夫です」

「あら、ありがとうシーリャ。……って、なんで貴女がここにいるんですの⁉」

音もなく突然背後に現れたメイドに、レトナがぎょっと目を剥いた。

青い髪と蒼玉の瞳を持つこのメイドは、レトナのお付きとしていつも一緒にいた、ファミール家の使用人だ。とんでもなく有能であらゆる家事を完璧にこなし、俺でさえ底が見えない実力者でもあるという謎多き超人メイドであり、ランドール領に異変が起きた時もレトナと一緒に民の安全確保に奔走してくれた仲間でもある。

けど……この学園ってお付きの使用人はダメなんじゃなかったっけ？　本当になんでいるんだ？

「なぜと言いますと、私はこの学園の用務員として正式に雇われたからです」

「なんですの⁉　この学園はたとえ臨時の雇われ要員だとしても、相当厳しい審査があるはずですわよ⁉」

「私にかかればその程度大した障害ではございません。メイドですから」

「ファミール家のメイドとしての立場は⁉」

「返上致しました。お嬢様のお世話のために必要なことだと申し上げましたところ、旦那様からも娘を頼むぞ、と快い返事を」

「お父様ぁ――‼」

あまりにも潔いシーリャの言葉に、レトナは頭を抱えて絶叫する。いやまあ、侯爵家のメイドなんてそうそうなれるもんでもないし、それをあっさり捨ててついて来るとは思わなかったんだろうな。

尚《なお》、その間にレトナの髪はいつも通りの完璧なセットへと仕上がっていた。

……いや、マジでいつの間に？

このメイド、魔法使いではあるはずなんだが、その発動が静謐《せいひつ》過ぎるせいか、俺でも気配を掴めないんだよな。

まさか、本当に魔法なしでこの動きをやってるなんてことは……いやいや、流石《さすが》にそれはないよな。ハハハ。

「というか、それならそれでなんで黙ってたんですの⁉」

「お嬢様が驚くかと思いまして。サプライズです」

「確かに驚きましたけれど‼」

「それと、お一人で必死にセットしたつもりになっているボサボサ頭のお嬢様というお姿が大変貴重で愛らしかったので、しばらく堪能させていただこうかと」

「何してるんですの貴女はぁ――‼」

「というのは冗談で、私も一応この学園の用務員としての仕事がありますので、お嬢様の身支度を整えに来るのに少々時間がかかってしまいました。申し訳ございません」

「最初からそう言ってくださいまし⁉」

無表情のまま淡々と主人を弄ぶシーリャに、当のレトナは完全に振り回されている。

なんというか、少し安心した。シーリャがおかしいと思ってたのは、俺だけじゃなかったんだな。

「うぅ……朝からどっと疲れましたわ……しかも、こんな姿をよりによってティアナと先生の前で晒すことになるだなんて……」

「大丈夫だよ、シーリャさんの言う通り、可愛かったし！」

「そういう問題じゃありませんわ‼」

顔を真っ赤にして恥ずかしがるレトナに、フォローするつもりで逆に煽るティアナ。

ランドール領にいた時と変わらない二人のやり取りを微笑ましく見守りながらも、本当に遅刻しては事なので準備を急がせる。

とはいえ、そこは流石シーリャというべきか。朝のやり取りに取られる時間など想定内とばかり、既にレトナだけでなくティアナの分の朝食まで用意されており、いざ食べ終わって試験会場となる校舎に着いた頃には、時間に余裕すら生まれていた。

いや本当に、有能すぎないかこいつ？

「うー、緊張してきたぁ……試験、ちゃんと出来るといいんだけど……」

「そんなにガチガチになっていては、本来の実力すら発揮出来ませんわよ？　適性試験はあくまで現在の実力を測るためのもの、失敗したら入学出来ないわけでもないのですから、肩の力を抜くべきですわ」

「そうなんだけど……さっきからみんなに見られてる気がして、落ち着かないの」

ちらり、とティアナが周囲に視線を投げれば、そちらにいた数人の新入生らしき子供達が一斉に目を逸《そ》らす。

昨日ニーミが言っていた通り、ティアナの噂が広まってるみたいだな。

今のところ、警戒半分、好奇半分みたいな感じだけど……好意でも蔑視でもない視線はティアナにとって未知のもので、戸惑っている様子だ。

『まあ、これも経験だと思うしかないな。直接悪さをしてくるわけじゃないんだ、ガルフォードよりはマシだろ？』

「そうかもしれないけどぉ」

そわそわと落ち着きを失くしたまま、ティアナは不安な気持ちを紛らわせるように俺の体を抱き締める。

抱き潰す、と言った方がいいくらい力が強いんだが、まあいつものことだし気にしないでおこう。

「おい、お前。ランドールだな」

「ふえ？」

すると、そんなティアナへと話し掛ける新入生の少年が現れた。

いや、新入生なのか？　ここにいるってことはティアナ達と同年代なのは間違いないはずなんだが、ガッシリとした体格は見上げるほどに大きく、教師と言われても信じてしまいそうだ。

一応、顔立ちにはまだ幼さは残っているし、レトナと並ぶくらいに大きな魔力量には若さ特有のムラが残ってるから、その辺りは子供らしいと言えばらしいか。

「あ、えっと……お久しぶりです、ソルド・ナイトハルト様」

そんな男子生徒——ソルドに、ティアナはやや気後れした様子で挨拶する。

この反応、以前ルーベルト親子と対面した時と似てるな。ってことは、もしかして……。

「ふん。しばらく見ない間に、随分と調子に乗っているようじゃないか。よりによって、お前のような落ちこぼれがラルフ・ボルドーを騙《かた》るとはな」

俺の予想を裏付けるように、ソルドの口から放たれるのはティアナに対する侮蔑の言葉。

またかよ……どいつもこいつも、そんなにティアナをバカにして楽しいか？

早々に苛立ちが募り始めた俺を余所に、ティアナはぶんぶんと首を横に振ってソルドの言葉を否定する。

「調子になんて乗ってません！　それに、私にまつわる噂は全て誤解です、ラルく……ラルフ様は、私よりずっとずっとすごいんですから!!」

「そうか、誤解か。まあ当然だな、守るべき民にヘラヘラと媚《こ》びることでしか貴族としての権威を保てないお前のような奴が、かの英雄のように強くなどなれるはずがない」

「全くですね。貴族とは己の力で民を導く者、民に良い顔をして担ぎ上げられるなど、貴族の風上にも置けません」

「お前みたいな落ちこぼれは、この栄えある魔法学園に不要なんだよ！　用がないならさっさと帰れ！」

ソルドの体格のせいで全く気付かなかったが、その後ろには二人ほど取り巻きが居たらしい。ソルドの言葉に追従するように、ティアナを貶《おとし》める。

こいつら、ティアナのこと何も知らない癖に、好き放題言いやがって……子供相手に大人げないことは分かってるんだが、正直こいつらをぶっ飛ばしてやりたい。お灸《きゅう》を据えるってことで少しくらいダメだろうか？

「用ならあります」

イライラし過ぎて武力行使ばかり頭を過る俺とは裏腹に、ティアナは正面からソルド達に対して言葉を放つ。

ティアナの瞳に宿る、強い意志の光。その輝きにソルドは驚いたように目を見開き、取り巻きの二人は気圧されたかのように後退《あとずさ》った。

「私はこの学園で魔法を学んで、必ず……ラルフ様に負けないくらい、立派な魔法使いになってみせます!!」

私は、ラル君の相棒なんだから——と、最後に小さく溢《こぼ》れた言葉は、俺の耳にだけ辛うじて届く。

ティアナは本当に……強い子だな。出会ったばかりの頃より、確実に強くなってる。

だけど、そんなティアナの強さはまだ子供でしかない奴らには分からないようだ。無言で佇《たたず》むソルドを余所に、取り巻き二人は自身の怯えを誤魔化すように笑い出した。

「ふ、ふふふ……よりによって、ラルフ様のような魔法使いと来ましたか。随分と大言を吐くじゃないですか、ランドール」

「全くだよ、無謀な夢見て、バカみてえだ！　なあ、みんなもそう思うだろ⁉」

騒ぎに釣られて集まった野次馬の生徒達に、取り巻きが問いを投げかける。

それを聞いて、彼らもまたひそひそと声を潜めながらも、ソルドに賛同するように頷いた。

「ついこの前まで魔法も全く使えなかった奴が、ラルフ様に追いつくなんて出来るわけないよ」

「でも、ランドール領の方で起きたっていう事件を解決したんじゃないのか？　噂じゃ、ドランバルト家の嫡子が関わるくらいの大事件だったって」

「Sランクのフェンリルを降してペットにしたなんて話も聞いたぞ」

「どうせ大袈裟に言ってるだけだろ。ファミール家のレトナ様も関わってたって聞くし、どうせ上手い事功績だけ掠《かす》め取ったんだよ。意地汚い田舎者らしいやり方だ」

「それに、たとえ本当のことだったとして、ラルフ様だよ？　ニーミ様より凄いのに、追い付くなんて無理無理」

「それな。いくらなんでも夢見すぎだよ、バッカみてぇ」

徐々に大きくなる嘲笑が、四方八方からティアナを苛む。

初めこそティアナを擁護するような意見もちらほらとあったみたいだが、それすらも場の空気に流されてあっさりと立ち消え、いつの間にか誰一人として、その場にティアナの味方はいなくなっていた。

「っ…………」

ぐっと歯を食い縛り、ティアナが顔を俯ける。

こいつらは誰も、ティアナがどれだけ本気でその言葉を口にしたのかを分かっていない。

分からないから、平気でその想いを否定して、こんな風に笑い飛ばせる。

本音を言えば、またベリアルの時みたいに、俺がティアナの物だと偽って魔法の一つでも披露して、こいつら全員の鼻を明かしてやりたいところだけど……。

「全く……これじゃあどちらが馬鹿みたいだか、分かったものじゃありませんわね」

どうやら今回は、俺のお節介は不要みたいだ。

「レトナ・ファミール……どういう意味だ？」

黙り込んだティアナに代わって、隣にいたレトナが前に出る。

よく通る声で放たれた言葉に反応し、騒ぎの中心にいながらずっと黙っていたソルドが眉を吊り上げるが、そんなことはどこ吹く風とばかりに笑い飛ばす。

「言葉通りの意味ですわ。小耳に挟んだ噂に踊らされ、落ちこぼれの烙印《らくいん》を無理矢理押して、目の前にいる〝今の〟ティアナを見ようともしない。そんなあなた方に、私の友人を侮辱する資格などございませんわ。恥を知りなさい」

「ファミール……それは我々を侮辱していると受け取ってもいいのかな？　金儲けが少しばかり上手かったからと、お情けで陛下から侯爵位を賜った分際で」

「ソルド様と爵位が同じというだけで、対等になったつもりか！　ナイトハルト家とファミール家では、そもそもの格が違う!!」

レトナの言い分に、ソルドではなく取り巻き二人が顔を真っ赤にして反応する。

ナイトハルト家は確か、ドランバルト家と同じく三百年前から既に侯爵として王国を支えていた大家だな。俺が何度も世話になった騎士団長がナイトハルト家の出身だったから、よく覚えてる。

確かに、レトナのファミール家に比べたら歴史もあるし、特に派閥の大きさで言えば桁違いだろう。同じ爵位だから対等だと思うなって言い分も、それ自体は分からんでもない。

ただ、それをソルドじゃなくて取り巻きのお前らが言うのはどうなんだ……お前らナイトハルト家の人間じゃないだろ。分家とかその辺りじゃないのか？

「あら。流石、うら若き乙女の夢を嘲笑うことでしか自尊心を保てない本物の侯爵様は言うことが違いますわね。それが歴史に名高いナイトハルト侯爵家の騎士道精神ということでしょうか？　とても勉強になりますわ」

それを百も承知で、レトナはあくまでナイトハルト家に対して物を申す。

そこまで言われては、流石に黙っていられなかったんだろう。尚も何か言おうとする取り巻きを制し、ソルドが前に出た。

「見苦しいぞ貴様ら！　ファミールの言う通り、〝弱者〟を甚振《いたぶ》るなど騎士のすることではない。もっとも……この学園は弱者の来る場所ではないというのは、俺も思うところだがな」

ソルドの目が、真っ直ぐにティアナを射貫《いぬ》く。

こいつの言う弱者が誰を指しているのか、誰の目からもすぐに分かるな。ムカつく。

「どうやってファミールに取り入ったのかは知らんが、虎の威を借りて強くなったと勘違いしているのなら大間違いだ。本気でラルフ様のような魔法使いを目指すというなら、貴様自身の力で証明してみせろ」

出来るものならな、と最後まで小馬鹿にした態度で鼻を鳴らすソルドに、ティアナは真っ直ぐ目を合わせる。

レトナが黙って見守る中、ティアナは大きく息を吸い、大勢の野次馬達に対し宣言するように口を開いた。

「分かっています。私がずっと落ちこぼれだったことは事実ですし……だから、ちゃんと自分の実力で、ソルド様やみんなに認めて貰えるようにがんばります‼」

4

『さて、大見栄切ったのはいいが……大丈夫か、ティアナ？』

「あうぅ～……」

新入生のために用意された控室の隅にて、ティアナは精根尽き果てたとばかりにテーブルへと体を投げ出す。

野次馬からの罵倒やらなんやらを受け、実力で証明してみせると宣言して早二時間。ティアナはまず、魔法実技の前に筆記の試験を受けることになり、早くもフラフラになっていた。

ティアナがそういう筆記を苦手にしているのは知ってるが、こんな調子で続く実技試験は大丈夫なのか？

「大丈夫だよ、私はラル君の相棒だもん。いつかラル君の体を作るためにも、こんなところで躓《つまず》いてなんかいられないよ！」

『そうか……ありがとなティアナ。頑張れよ』

「えへへ、うん、がんばる！」

俺の体を抱き締め、元気を回復するティアナ。

これならひとまず平気だろうかと思っていると、同じく控え室で実技試験の時を待っていた新入生達のふとした話し声が聞こえてきた。

「おい聞いたか？　今回の入学試験、ニーミ様が見に来ているらしいぜ」

「なにっ、本当なのか!?」

「ああ、実際に見たって奴が何人もいる。こりゃあ俺達も気合い入れていかないとな」

話からするに、ニーミが試験を見るのは珍しいのか？　王国最強の魔法使いに見て貰えるとあって、話していた連中以外もやる気を漲《みなぎ》らせている。

この学園は魔法を学ぶための場であると同時に、卒業後に魔導士団や宮廷の魔法研究室なんかにスカウトされるためのアピールの場でもあるらしいからな。ニーミみたいな有力者に早い段階から目をかけて貰おうと、特に家を継げない次男三男辺りは必死みたいだ。

しかし……それとはまた別の理由で、俺は少し困ったことになった。

『ティアナ、悪いが俺はしばらく完全にただのぬいぐるみと化す。緊急時以外は反応出来ないから、そこんとこよろしくな』

「うん？　いいけど、どうして？」

『俺の正体を隠すとなると、ニーミの前では会話に使うような些細な魔法の気配も出したくないんだ』

思い出すのは、昨日話し掛けようと魔力を練っただけで杖を突きつけられてしまったあの光景。

今の俺は、魔王薬から作り上げた魔石の影響で、ティアナの魔力をメインに発動した魔法であってさえ、微弱ながら魔王の力が宿ってしまう。

多分、ニーミはそれを感知したせいで俺を警戒してしまったんだと思うが……そうなると、ニーミの前でいつもみたいにティアナとベラベラ喋ろうものなら、即座に不審者……いや、不審物として焼却されかねない。

それを避けるには、ひとまずニーミの前だけでも無害なぬいぐるみを演じなきゃならないのだ。

「そっかぁ……分かった、ラル君とお喋り出来ないのは寂しいけど、我慢するね。全部終わったら、ニーミ様にどうやったらラル君のことを恐がられずに教えられるか、一緒に考えよう!」

『おう、頼む』

今はなんというか、心の準備が整わないが、せっかくこうして転生したんだ。たった一人の弟子に何も伝えず過ごすなんて寂しいし、いずれはちゃんと正体を明かしたい。

その他大勢の王国民には、この先もずっと明かす気はないけどな!!

「ティアナ・ランドール様。試験が始まりますので、会場までお越しください」

『っと、時間みたいだな』

「うん、行こう、ラル君」

少しばかりの緊張感を滲《にじ》ませながら、ティアナは控え室を後にして、会場となる外の運動場へ向かう。俺は邪魔にならないように、ティアナの肩に引っかかっておくか。少し体を固定するくらいなら怪しまれないだろう。

そうして、ついに実技試験が始まったわけだが……残念ながら、ティアナの結果は散々だった。なぜなら。

「まずはあの的を魔法で狙って貰う。十発中何発当たるかで評価するからな。どんな魔法でもいいが、術者はその円の中から動かないこと、分かったか？」

「……その、私……遠距離攻撃魔法、使えません……」

「…………」

属性変換が使えないティアナにとって、実技試験の内容はそのほとんどが実行不可能なものだったからだ。

うん……実のところこうなる可能性は予想してたんだけど、当たっちまったかー……。

「次、防御魔法。そこの的に魔法をかけてくれ。試験官が段階的に魔法を放ち、耐久性を見る」

「ま、的の代わりに私が耐えちゃダメですか⁉　根性には自信があります‼」

「ダメに決まっているだろう……ならば次は魔法の威力を見る。どんな魔法でもいいから、試験官が的にかけた防御魔法を破壊してみせ……」

「えいやー‼」

「なぜ殴る⁉　魔法だと言っているだろう‼　というかなぜそれで的ごと壊せた⁉」

その後もそんな調子で、真っ当に評価して貰える内容に全く出くわすことなく試験は進んでいき……さっきの騒動とは関係なく、ティアナの噂を聞いて注目していた者達からも、落胆と失望の視線が増えていく。

この状況には、流石のティアナも少し堪えたのか、表情に影を落としている。

「ふん。あれだけ言っておいて、その程度か」

そんな中で、ソルドの成績は飛び抜けて高かった。

土属性と光属性を中心に、精度、威力共に同年代の中では頭一つ抜けていると言っていいだろう。特に、防御系の魔法に関しては大したもんだ。

元々、この国の騎士は魔導士が魔法を使って敵を倒すまで〝守る〟ことを主な任務としている関係もあって、ナイトハルト家は昔から、そういう防御の魔法を得意としていたからな。この結果も納得だ。

わざわざティアナの前まで来て嫌みを呟《つぶや》くのは、褒められたもんじゃないけど。

だからというわけじゃないが……そんなソルドを上回る人材もいる。

「《業炎嵐雨《フレアレイン》》‼」

レトナが放つ炎の魔法によって、上空から降り注ぐ紅蓮《ぐれん》の雨が次々と的の中央を射貫き、かけられていた防御魔法ごと打ち砕いていく。

大雑把に広範囲を薙《な》ぎ払うことを目的とした範囲攻撃魔法であるにも拘わらず、一切の無駄がない正確な同時射撃と高い威力を両立した、高度な中級魔法。

その圧倒的な実力差にソルドは舌打ちを漏らし、周囲の新入生や試験官達も感嘆の息を溢す。

寝起きと違いバッチリ整えられた髪を手で払い、優雅に立ち去る姿はまさに完璧令嬢と言わんばかりだ。

……いや本当、こういう場ではとことんしっかりしてるな、レトナは。普段は結構子供らしいところもあるんだが。

そんなレトナが、こちらへ向かって歩いて来る。

現状トップの成績をひた走るレトナと、二位に留まっているソルド。同じ侯爵位を持つ家の人間同士が対峙する状況に、会場はピリリとした緊張感に包まれるが……当のレトナはソルドに一瞥すらくれることなく横を通り過ぎ、ティアナの下へやって来た。

「全く、何を落ち込んでるんですの。貴女の魔法適性を考えれば、試験でロクな結果が出せないことくらい分かっていたでしょうに。本番は最後の模擬戦でしょう」

「うぅ、そうだけど……でも……」

「でももへったくれもありませんわ。貴女は私が唯一認めた、私のライバルです。最後までシャキッと胸を張りなさいな」

レトナの予想外の発破に、ティアナは目を瞬かせる。

やがて、その言葉の意味を理解したティアナは、いつもの元気な明るさを取り戻し、レトナに抱き着いた。

「ありがとうレトナ、私最後までがんばるね！」

「ちょ、ティアナ、力強すぎ、く、くるし……ぶくぶく……」

「わー⁉　レトナごめんなさいー‼」

一瞬でレトナを締め落とし、わたわたと騒ぐティアナ。

なんとも平和な（？）やり取りに、張り詰めていた空気も少しばかり弛緩するが……当然と言うべきか、それでは納得しない者もいた。

「唯一、だと……？　俺は眼中にないと言いたいのか、ファミール……‼」

「……あら、そう聞こえまして？　ですが少なくとも、今の貴方に興味を持てないのは確かですわね」

「なるほど……この俺をここまで虚仮《こけ》にするとは、いい度胸だな……‼」

先ほどとはまた違う意味で、またも高まっていく緊張感。

そこへ、試験官からの声がかかった。

「それではこれより、最後の実技試験として、新入生同士の模擬戦をやって貰う。組み合わせはこれまでの試験結果から、同程度の強さの者同士で当たるようこちらで既に決めてあるので、その通りに行きます。ではまず、ティアナ・ランドール様はそちらの……」

「待ってくれ、試験官殿。ティアナ・ランドールの相手は俺にやらせて貰えないだろうか」

業務連絡に差し込むようにもたらされた、ソルドからの思わぬ提案。

ざわりと会場がどよめく中、ソルドは尚も言葉を重ねる。

「彼女はランドールの地で起きた事件を解決に導き、ラルフ・ボルドーの再来だと囁《ささや》かれていると聞く。その実力、この俺が自らの目で確かめたい」

「し、しかし、ティアナ・ランドール様のこれまでの成績を鑑みるに、ソルド様と戦うには些か力量が……」

「いいでしょう、許可します」

「が、学園長様⁉」

そこへ口を挟んだのは、これまでただ黙って試験の成り行きを見守っていたニーミだった。

突然の発言に混乱が深まる中、あくまでニーミは淡々とした態度を貫いている。

「彼の言う通り、彼女には実績があります。真偽のほどは分かりませんが、もし本当なのであれば、現行の試験内容では生徒の素質を測り切れていないということになるでしょう。それを確かめるためにも、この模擬戦は良い材料となるはずです。もちろん……本人が良ければ、ですが」

そう言って、ニーミはティアナへと目を向ける。

心なしか、肩に引っかかってる俺も見られた気がしたけど、気のせいだと思いたい。

「……やります、やらせてください！」

そして、ティアナはソルドとニーミの案を受け入れ、ソルドの前に立つ。

周囲の声は、概《おおむ》ね無謀な挑戦へ赴くティアナに対する哀れみと嘲笑、そして僅かな期待と言ったところか。

そうした雰囲気の中で対峙した二人は、ピリリとした空気を漂わせながら、運動場中央にある闘技舞台へ向かった。

「そのぬいぐるみ、魔道具ではなさそうだな。そんなお荷物を抱えて戦おうなど、舐めているのか？」

「舐めてません。私はラル君と一緒に戦いたいだけです」

肩に掴まったまま固まる俺を撫でながら、ティアナは大真面目に答える。

ぶっちゃけ、今回俺は手を出すつもりはないし、本当にただの荷物なんだが……ティアナも譲るつもりはないらしい。

せめてあいつがいなければ、邪魔にならないように魔法で浮いたりも出来るんだが、と、会場の隅で他の試験官達と一緒にこちらを見るニーミへ目を向ける。

……っと、今一瞬ニーミの奴こっち見たな。本当に魔法的な感覚が鋭くなってるみたいだし、気を付けないと。

「ふん……負けた言い訳にするんじゃないぞ‼」

そう告げるや、ソルドは腰の剣に手をかけて、居合いの構えを取る。

何がしたいのか分かりやす過ぎて、初手に選ぶには微妙な気がする構えなんだが……よっぽど有名なのか、野次馬と化している新入生達には好評なようだった。

「ソルド様、いきなりあれを使うつもりか！」

「終わったな、一瞬で勝負が決まるぞ」

ふむ。そこまで言うほどの魔法なら、俺も興味あるな。解析は出来ないが、しっかり観察させて貰うとしよう。

「では、始め!!」

試験官による試合開始の合図が響くと同時、ソルドは腰の剣を抜き放つ。

試合用に刃が潰してあるらしいそれに瞬時に魔力を纏わせたソルドは、かなり距離があるにもかかわらず居合の要領で素早く剣を振り抜いた。

「《光剣《リヒトスラッシュ》》!!」

宙を切り裂く剣閃に沿って放たれる、光属性の魔法。

ガルフォードの雷魔法に並ぶ速度で迫るその攻撃は、確かにまだ未熟な魔法使いの卵相手なら圧倒的な威力を発揮するだろう。あれだけの自信を持っていたのも頷ける。

しかし、そんな魔法による攻撃を、ティアナは横っ飛びでひらりと回避してみせた。

「なっ、俺の魔法を躱《かわ》すだと⁉」

予想外だったのか、攻撃した恰好《かっこう》のまま固まってしまうソルド。

気持ちは分からんでもないが、流石にそう簡単に隙を晒すのは感心しないぞ？

ティアナも同じことを思ったのか、攻撃していいのか悩むように首を傾げる。

「えっと……今の躱すの、そんなにおかしい？」

「っ……!!」

ビキリ、と、ソルドのこめかみに青筋が浮かび上がる。

ティアナはアッシュや魔物達との戦いで、かなりの実戦経験を積んだからな。いくら光速の魔法だからって、あんな分かりやすい一撃が当たるわけない。

ティアナ自身にその自覚がないせいで、また悪意ゼロのまま煽っちまってるけど……まあ、ソルドもやってるし、おあいこってことでいいだろ。

「偶々《たまたま》回避出来たからと調子に乗るな‼　《光剣《リヒトスラッシュ》》‼」

「わわっ」

ソルドから次々と繰り出される、光魔法の乱舞。

威力はそこそこ止まりだが、攻撃間隔は短いし精度も高い。嫌なガキではあるが、訓練は真面目に積んできたのかもしれないな。

それでも、ティアナには届かない。

「くそっ……どうした⁉　避けてばかりじゃ勝ち目はないぞ‼」

募る焦りを誤魔化すように、ソルドは叫ぶ。

この模擬戦は、先に有効打となる一撃を入れた方が勝ちになるらしいが、一定時間が過ぎれば試験官の判定に委ねられる。こうも完璧に躱される状態では、判定負けになる可能性があると思ったのかもしれない。

だが、ティアナの方も判定まで勝負を長引かせる意思はないようだ。

「いち、に、さん……と。うん、慣れてきた」

回避を続けながら、ティアナが見つめるのはソルドの動き。光属性という強力な力を秘めた魔法を制御するために繰り出される剣技の癖だ。

それを観察し、体の動きを順応させることで、徐々に回避に余裕が生まれて来る。

そして……その余裕は、そのまま懐へ飛び込むための隙を見出す切っ掛けを生む。

「よし、今!!」

ダンッ!! と地面を踏み締めたティアナの足に、魔力が宿る。

斬撃の合間を縫って前へと飛び出したティアナの体が、光すら置き去りにして突っ込んでいく。

「くっ……!? 《土壁《ガイアウォール》》!!」

咄嗟《とっさ》にソルドが繰り出したのは、土を盛り上げて作った簡易な防壁。

ティアナの足を止めることを目的としていたのであろうその魔法はしかし、白銀の髪の少女を止めるどころか、僅かな停滞すらもたらすことは出来なかった。

なんと、突っ込んだ勢いのまま壁に体当たりし、身体強化を乗せた怪力で以て強引にぶち抜いたのだ。

「なっ、なんだそれは!? くそっ、《聖位結界《ホーリーフィールド》》!!」

続けてソルドが繰り出したのは、光属性の防御結界。

剣そのものが魔道具にでもなっているのか、超高速で発動した魔法が彼の体を包み込み、鉄壁の守りと化す。

この魔法は俺も知ってる。ナイトハルト家が騎士の家系として、侯爵位を賜るに至った代名詞とも言える魔法だ。

光の属性があらゆる魔法の干渉を防ぎ、あらゆる攻撃をはね除ける聖なる結界。俺も三百年前、騎士団長の奴と何度か模擬戦した時はこの魔法に苦労させられた。これをこの速さで発動するなんて、少し驚いたな。

だけど、ティアナ相手にこれを使うのは悪手だ。

「はあぁぁぁ……!!」

ソルドの目前に辿り着いたティアナが、その拳に渾身《こんしん》の魔力を込める。

一切の属性を持たないが故に、あらゆる属性の干渉をすり抜け、あらゆる魔法を打ち消す退魔の魔法。

その発動前の余波だけで、ソルドの結界はビリビリと震え、小さな亀裂すら穿たれていた。

「そんな、バカな……!?」

「行くよ!! 《魔力《ゼロ》――》」

ティアナの拳が、驚きの余り目を見開くソルドに向けて放たれる。

完全に無防備な状態。動揺も露わに魔力すら乱れた今のこいつに、ティアナの攻撃を防ぐ手段はない。

「《――零帰《リバース》》!!」

勝った、と。俺ですらそう確信を持ったその瞬間。ソルドの瞳が妖しい赤の光を放つ。

ゾクリと背筋が凍るような不気味な魔力が、一瞬だけティアナの魂へと直接触れる気配がした。

「っ⁉」

突然の事態に、ティアナの集中が乱れる。

魔力が霧散し、反射的に魂を保護するように体の内側へと魔力が集まっていく。

そのお陰か、奇妙な魔力はまるで幻だったかのようにその気配を喪失したが……代償として、ティアナの拳はソルドの結界を打ち破ったところで勢いを失い、その先にある彼自身の体を捉えることは叶わなかった。

「くっ……うおぉぉぉぉ‼」

その隙を突くように、ソルドが剣を振り抜く。

先ほどまでのような魔法ですらない、ただ雑に魔力を込めただけのその攻撃はしかし、予想外の反撃で隙を晒したティアナに対してはこの上なく有効だった。

魔力を集め、体を捻って防御姿勢は取るが……これはあくまで試合。生死ではなく、一撃入れられるかどうかが勝敗を分ける。

鋭い一撃がティアナの体を浅く捉えるに至り、試験官から制止の声がかかった。

「そこまで‼　勝者、ソルド・ナイトハルト‼」

「うおーー‼　ソルド様が勝ったぞ‼」

「ははは、やっぱりラルフ・ボルドーの再来だなんて大袈裟だったな。所詮は井の中の蛙《かわず》ということだ」

決着と同時に沸き上がる歓声に、ティアナはぐっと唇を噛み締める。

……油断、とも言えないな。正直、あの状況から反撃されるなんて俺でも予想出来なかったんだし、ティアナがこうなるのも仕方ない。

不気味なのは、ただ反撃されただけならまだしも、何を仕掛けられたのかすらよく分からなかったところだが……この三百年の間に作られた魔法だろうか？

「ソルド様、すごいですね。私、最後の攻撃は行けると思ったのに……まだまだだって思い知らされました」

「…………」

「強くなって、いつかリベンジしますから。またよろしくお願いします」

俺が考察している間に立ち直ったのか、ティアナはいつも通りの表情でペコリと頭を下げる。

そんなティアナを、ソルドは鬼の形相で睨《にら》み付けた。

「何がリベンジだ……そんなもの、勝手にやってろ!!」

「え？　勝手にって……あ、ソルド様！」

そのままズカズカと会場を後にするソルドに、残されたティアナは呆然と立ち尽くす。

こうして、魔法学園の入学試験は、ティアナにとって少しばかり苦い記憶を残しながら幕を下ろすのだった。

5

「くそっ……!!　何が、ソルド様、すごいですね、だ……バカにしやがって……!!」

一人会場を後にしたソルドは、手近な壁に拳を叩きつける。

傍《はた》から見れば、ティアナとソルドの対決は、無理な突撃を敢行したティアナが防御結界に阻まれて隙を晒し、無様に敗北したように見えただろう。

しかし、ソルド自身はそうではないことを誰よりも自覚していた。

「最後の一撃、まともに放たれていれば……負けていたのは俺だった……!!」

ソルドの知識には、ティアナの拳にいかなる魔法が込められていたか判断出来る材料はない。

それでも、ただ発動の余波だけで自身の結界が崩壊しかかったことだけは分かる。

最後の一瞬、彼女が拳の魔力を霧散させなければ……どうなっていたかは明白だった。

「俺に花を持たせたつもりか……?　ファミールといいあいつといい、どこまで人を虚仮《こけ》にすれば気が済むんだ……!!」

なぜかは分からないが、ティアナが魔法を解除したのは単なる失敗ではなく、彼女自身の意思によるものだとソルドは感じていた。

試験の場でそんなことをする理由など、手加減以外に考えられない。

栄えあるナイトハルト侯爵家の一員である自分が、たかが子爵に上がったばかりの家の小娘に手を抜かれ、勝利を譲られる――これ以上の屈辱はないと、沸き上がる怒りを拳に乗せ、何度も壁を殴りつけた。

「俺は……強くあらねばならないというのに……‼」

ナイトハルト家は、ラルフの記憶にあった通り、騎士の家系として名を馳せている。

鉄壁の守りを誇る防御魔法と剣術で以て王国の盾となり、騎士道精神を体現する者として一目置かれる存在だ。

しかしここ百年ほど、ナイトハルト家は有能な騎士を輩出出来ないでいた。

豊かな領地と適切な派閥運営もあってその権勢が衰えるには至っていないが、ニーミ・アストレアという絶対の英雄が存在することもあり、ナイトハルト家の役割について疑問を覚える者もちらほらと現れているのが現状だ。

ソルドは、そんなナイトハルト家に生まれた久方ぶりの天才だった。

幼くして光と土の魔法属性を使いこなし、弛《たゆ》まぬ努力で研鑽《けんさん》を積み、実力を伸ばして来たのだ。

全ては、ナイトハルト家ここにありと、この王国中に知らしめるため。歴代最強と謳《うた》われる三百年前の騎士団長――〝剣聖〟ドヴェルグ・ナイトハルトすら超える逸材だと期待をかけてくれた、家族の願いに報いるために。

だが……その結果が、これである。

試験の内容ではレトナに大きく水をあけられ、実際の戦闘では――いくら結果だけ見れば勝利とはいえ――ティアナにも敗北してしまった。

このままでは、自分を信じて学園に送り出してくれた両親にも顔向け出来ない。

「見ていろよ、レトナ・ファミール……そして、ティアナ・ランドール……!! このままでは終わらせん、必ず目に物見せてやる……!!」

血が滲《にじ》むほどに握り締めた拳をそのままに、ソルドは歩き出す。

「どんな手を使っても……!!」

その瞳に、妖しい紅の光を宿しながら。

6

ソルドが一人、自身の悔しさと葛藤している頃――試験の見学を終えたニーミもまた、学長室へと戻っていた。

ひと仕事終えたばかりではあるが、そんな彼女の執務机に積み上がるのは膨大な書類の山。

学園における予算調整、施設の使用状況、教員や生徒にまつわる留意事項などの情報のみならず、王都警備隊からの状況報告や各地方に派遣した調査員からの中間報告に至るまで、彼女が処理すべき案件は絶えることがない。

そんな書類を前に、ニーミは疲れた表情一つ浮かべることなく挑みかかっていく。

各書類に素早く目を通し、問題がなければ印を押し、気になる部分があれば再調査を命じる書類を用意する。

とても一人でこなせる量に見えない仕事量を、決して手を抜くことなく完璧にこなすその姿は、さながら自動で働き続けるゴーレムのよう。

やや人間味の薄いその仕事ぶりは、同僚達から少々の畏れと尊敬の念を集めていた。

「学園長、今日はまた一段と仕事が多いようですが……何かお手伝いしましょうか？」

そんなニーミに声をかけるのは、この学園の副校長、スプラウト・ハルマン。ニーミの補佐役とも言うべき立場の男である。

職務上の義務から尋ねる彼の申し出に、ニーミは問題ないと手を振った。

「大丈夫よ、これくらいならいつもとさほど変わらないから。それに、今回ばかりは自分の目で確認しなければならない案件だしね」

「この王都に、魔族が侵入した疑いあり、ですか……本当なのでしょうか？」

「そうでなければ、私もここまで本気で調査を命じたりはしないわ」

スプラウトの疑問に、ニーミはきっぱりとそう答える。

ガルフォードがランドール領で起こした、魔王薬を巡る魔人化事件。

その詳細、特にラルフがぬいぐるみとなって復活し、暴れた件に関しては秘匿されており、少々歪んだ形で王都に伝わっているが……ガルフォードや、その野望に加担した家に纏わる情報は正確に共有され、多くの貴族達が処罰された。

そうなると、処罰されたことで空白となった地位がいくつも出て来る。魔法学園の教員や、魔導士団の人員。宮廷の役職もその多くが人員の入れ替えや増員で大忙しとなり……その隙を突かれたのか、王都に魔族が侵入した形跡が見つかったのだ。

情報では、その魔族は自身の姿を自由自在に変えられる魔法を有しているとのことで、新たに増員した者達の中に魔族がいるのではと各所が疑心暗鬼に陥っている。

そんな状況で、確実に魔族でない者を選定し、調査を任せ、隠れ潜む魔族を炙《あぶ》り出す。それも混乱を避けるために、王都の民には出来るだけ異変を知られない形で。

それを実行に移すに辺り、誰よりも真っ先に白羽の矢が立ったのが、王国最強の魔女であるニーミだったのだ。

「あまり無理はなさらないでください。貴女が倒れられては元も子もないのですから」

「ありがとう。でも大丈夫よ、ようやく怪しい人物を見付けたから」

「なんと!?　それは本当ですか!?」

ニーミのもたらした朗報に、スプラウトは食い気味に声を上げる。

魔族侵入の報を受け、早一ヶ月近く。何の手がかりすら掴めずにいたところに、これは大きな前進だ。

「して、その人物とは？」

「今年魔法学園に入学した、ティアナ・ランドール……より正確には、彼女が肌身離さず抱えているぬいぐるみよ」

「ぬいぐるみ……ですか？」

予想外の対象に、スプラウトは怪訝《けげん》な表情を浮かべる。

しかし、ニーミとしては大真面目なようで、大きく頷きを返した。

「噂について、軽く注意しておこうと思って近づいたのだけど……その時一瞬だけ、ぬいぐるみから魔王の魔力を感じたの」

「なっ、魔王ですと⁉」

驚愕の情報に、スプラウトは動揺を隠せない。

魔族は、魔王によって知性を得た強力な魔物だと言われている。

彼らの目的は、ラルフ・ボルドーによって打ち倒された魔王の復活。それによって、この地上を支配しようとしているのだと。

魔族の王都侵入に、魔王の力を宿したぬいぐるみの存在。

それは、魔王が今まさに復活しようとしている兆しではないのか――スプラウトはそう考えたのだ。

ニーミも同じ考えなのだろう。険しい表情を浮かべた彼女は、しかし困り果てたように溜息を溢す。

「だからこそ、先の試験でティアナ・ランドールのことを注視していたのだけど……怪しい気配は感じなかったわ。私が警戒していると知って息を潜めているのか、彼女自身はただ魔族に利用されているだけなのか……まだ判断がつかない」

「何を悠長なことを言っているのです、魔王ですぞ⁉　問題が起こる前に、ティアナ・ランドールとそのぬいぐるみを捕らえ、調べ上げるべきです！」

「落ち着きなさい。もし確証のないまま動いて暴れられては、無関係の生徒まで巻き込む恐れがあります」

焦るスプラウトを、ニーミは宥《なだ》める。

ニーミとしては、あの奇妙なぬいぐるみが魔族所縁の代物であることは、ほぼ確実だと睨《にら》んでいる。しかし、もしティアナが無関係だった場合、下手な手出しは彼女やその周囲を危険に晒す可能性が高い。

ティアナがぬいぐるみを手放す瞬間を待つか……あまり考えたくはないが、ティアナが魔族側だと確証が得られるか。そうでなければ、ニーミとしては慎重にならざるを得なかった。

「でしたら、私の方でも調べてみましょう。ティアナ・ランドールやそのぬいぐるみがいかなる存在か、必ずや掴んでみせます」

「分かった、お願いするわね。けど、彼女に注意を割き過ぎて、他が疎かになるのはダメよ。今年に入ってからこの学園にやって来た新入生や教員を中心に、しっかりと警戒しておきなさい」

「心得ております。……ああそれと、これは魔族の件とは関係がないのですが……」

「うん？　何かしら」

言い淀むスプラウトに、ニーミは続きを促す。

しばし悩む仕草を見せたスプラウトは、やがて意を決したように口を開いた。

「宮廷や騎士団から、また例の陳情が届いております。王都に配備しているゴーレムの数が多すぎる、もっと減らしてもいいのではないか、と」

「……その話は以前却下したでしょう、まだ蒸し返して来るのですか」

心底呆れ果てたように、ニーミは溜息を溢す。

この手の陳情は、今回が初めてではない。ここ数十年、ほぼ毎年のように提案され、その頻度は徐々に増している。

彼らの言い分も、分からないではないのだ。現在王都の防衛を担うのは、ナイトハルト家傘下の警備隊や、王国騎士団、そして切り札たる魔導士団などがある。しかし、それらを全て不要の物と言わしめるほどに、ニーミが操るゴーレムの担う役割があまりにも大きい。

三百年前のラルフの死後、周辺諸国との度重なる戦争の中で王都を守るべく、ニーミが配置したものをそのまま利用し続けている形になるのだが……諸国との和平もとっくに済ませ、平和な時代となった今。事実上、ニーミという個人の力で王都を半ば〝占領〟しているような現状は好ましくないと、貴族達は考えているのだ。

もちろんニーミとしても、王国の民が自らの力で王都を守れるのなら、それに越したことはないと考えている。彼らの言い分を聞き入れ、現状ですら最盛期に比べれば相当にゴーレムの数を減らしてもいるのだ。

しかし……その結果が今回、魔族の侵入を許すという形で現れてしまった。こうなると、ニーミとしても安易に頷くわけにはいかないのである。

「全て断っておいてください。文句があるなら、王都を守り切れると確信出来る実績と実力を示せと」

「……承知しました」

何か言いたげな表情のスプラウトだったが、結局何を言うこともなく執務室を後にする。

一人残されたニーミは、そのまま淡々と書類仕事を片付けていき——ふと、糸が切れたように肩を落とす。

「……中々、師匠みたいに上手くいかないなぁ」

肌身離さず持ち歩いている愛用の杖——かつて生前のラルフから、誕生日のプレゼントとして贈られたそれを撫でながら、ニーミは一人ごちる。

ニーミの記憶にあるラルフは、どうしようもないダメ人間に見えて……その実、誰からも頼りにされる人物だった。

問題行動ばかり起こして多くの貴族や聖職者の反感を買いながらも、そんな彼らがグチグチと文句を言いつつも、いつだって最初に頼る相手。それが、大賢者ラルフ・ボルドーという人間なのだ。

多くの人々の期待を軽々と背負い、多くの人々に共感される身近な存在でありながら、多くの人々を守り続けた本当の英雄。ニーミの中にあるラルフ像というのは、いつもそんな完璧な姿で浮かび上がる。

「でも……私だって、師匠の弟子なんだから。頑張らないと」

過去の思い出に浸るのを止め、ニーミは気合いを入れ直す。

師匠のように、誰からも愛される存在にはなれない。

師匠のように、いつだって笑顔で誰かに寄り添えるほど優しくは在れない。

それでも。

「師匠が残してくれたこの国は……私が守り抜くんだ」

誰もいない執務室で、これまで幾度となく自らに言い聞かせた言葉を呟《つぶや》きながら。

ニーミは、学園長としての責務を果たすべく仕事を続けるのだった。

7

入学試験を終えたティアナは、俺と一緒に寮へ戻った。

あれだけ応援してくれていたレトナに合わせる顔がないと言っていたが、当のレトナは「次こそ負けないように特訓ですわ」といつもの調子で激励していたので、さほど気にしてはいなさそうだ。

今回の件で影響が出るとすれば、施設の利用に関する優先権と……後は、周りの目か。俺の再来云々の噂は消えたが、代わりに〝大した実力もなしにラルフの名を騙《かた》った田舎者〟ってレッテルを貼られてしまった。

寮に戻るまででも中々にキツイ視線が注がれていたから、ティアナの学園生活は開始早々暗礁に乗り上げたと言える。

ただ……それに落ち込む暇もなく、俺達は新たな問題に直面していた。

「ラル君、私……部屋、間違えちゃった？」

『いや、合ってるはずだぞ。……多分』

昨日一晩寝起きし、試験前に後にした寮。そこが今、なぜか見事なゴミ部屋と化していた。

いや、ゴミではないんだろう。そこに散らばっているのは魔法に関連する物ばかりで、研究熱心な生徒なんだとは思う。

ただ、うん。何度も書き散らされた魔法陣の型紙に、魔道具の設計図。更に作りかけの魔道具と思《おぼ》しきガラクタが積み上げられ、ティアナが目を回しそうなほど難解な専門書が箱詰めになって置いてある。

この光景を魔法に興味がない奴が見たら、〝ゴミ部屋〟以外の感想が出てこないだろう散らかりっぷりだ。

「ああー!!　相部屋の方っすか!?　すまねっす、オイラの荷物今来たとこで、整理の途中だったんすよ!!」

そんなゴミの中から、一人の女の子がひょっこりと顔を出す。

手入れもロクにされていない、癖毛だらけのボサボサの頭。継ぎ接《は》ぎだらけでサイズの合っていない服は袖が余っている。

粗雑な口調といい、パッと見では女の子らしさの欠片もないが、体格から判断するに女の子だろう。

　というか……。

「えっと……貴族じゃ、ない……？」

　性別以前に、貴族らしさが全くない。

　何度も言うが、魔法学園は元々、国防と領地運営を担う貴族の子弟を育てるために建てられた学園だ。特に制限があるわけじゃないが、学費だって馬鹿にならないし、平民が通う例なんてほとんどないはずだ。

　同じことを思ったらしいティアナがそう呟《つぶや》くと、女の子は「はいっす！」と元気に答えた。

　しかし、すぐに何か思い至ったように、「あっ」と呟く。

「もしかして、平民と一緒は嫌っすか？」

「そ、そうじゃないの！　ただ珍しいなって思っただけで……」

「あー、なら良かったっす！　オイラこの通り私物が多いから、部屋から出てけなんて言われたらどうしようかと思ったっすよ～！」

「あわわわわ」

　ティアナが否定するや否や、凄まじい勢いで詰めよって来る女の子。

　そのめちゃくちゃな距離感に、貴族と平民の距離が比較的近しいランドール領から来たティアナでさえ困惑している。

「おっと、自己紹介まだだったっすね。オイラ、リルル・マッカートニー。マッカートニー商会の娘っす」

「マッカートニー商会⁉　それって、魔道具作りで有名なところだよね、すごい！」

知っているのか、ティアナは瞳をキラキラと輝かせながら褒め称える。

どうやらマッカートニー商会は、ここ最近新しい魔道具の開発に成功したことで、飛躍的に成長した商会らしい。

ソルドが使っていたあの剣も、マッカートニー商会が作った物なんだと。

あれだけの速度で結界を張れたのも、その魔道具のお陰ってわけか。最近のは進んでるねえ、俺の時代だとちょっとばかり発動を補助する程度の代物だったんだが。

「あっ、と、ごめんね。私はティアナ・ランドール。ランドール男しゃ……じゃない、子爵家の娘だよ」

「ランドール⁉　もしかして、今話題のランドール様っすか⁉」

「えっと、たぶん……」

今話題の、と言われて、ティアナの表情が少しばかり陰る。

先ほどまで向けられていた視線を思い出して俯くティアナに、リルルはなぜか鼻息荒く詰めよって来た。

「聞いたっすよ！　実技試験でナイトハルト家の《聖位結界》《ホーリーフィールド》を拳一つで破壊してみせたんすよね⁉　オイラはタイミングが合わなくて見れなかったんすけど、一体どんな魔法を使ったんすか⁉　見せて欲しいっす！」

「え、ええ⁉」

予想外のアプローチに、ティアナはチラチラと助けを求めるように俺へ視線を送る。

こんなに押されてるティアナは初めて見たな。まさかクルト以上にハイテンションな輩《やから》がこの世界にいようとは。

『あー、リルルって言ったな？　一旦落ち着け、落ち着いて話を聞け』

このまま放置するのも可哀想なので、俺も話しかけることに。本当はティアナとレトナ以外の生徒には干渉したくなかったんだけど、一人くらいいいだろう。ティアナの相部屋ともなれば、流石《さすが》に隠し通すのも難しいだろうし。

すると、突然の声に驚いたリルルはびくりと肩を震わせ、恐る恐る俺の方を見て……いっそ狂気すら感じられるほどに爛々《らんらん》と瞳を輝かせた。ひえっ。

「なんすかこれ、ぬいぐるみが喋ってる⁉　ニーミ様と同じ人形魔法すか？　でもティアナ様は今魔法使う素振りなかったっすよね？　ニーミ様は精霊の力である程度自律行動するゴーレムを作れるって聞いたっすけど、自発的に喋るゴーレムなんて聞いたことないっすよ⁉　これは大発見っす、ちょっと解析かけてもいいっすか⁉」

「あ、あはは……この子は私の使い魔なの。それにしても、リルルはいつもそんな調子なの？」

俺の体をそっと隠しながら、ティアナが問いかける。

助けるつもりが、俺のせいで余計に興奮させちまったな。なんかすまん。

「そうっすね、オイラ普段からこんな感じなんで、親父からも『お前は絶対に客の前には立つな。魔法研究だけやってろ』って口酸っぱく言われてたっすよ。あははは」

「そ、そうなんだ」

曲がりなりにも貴族であるティアナ相手にこの態度だからな、そんな風に言われるのも納得しかない。

……貴族ばっかりの魔法学園に通わせるのはいいのかという話でもあるんだが、そこは深く突っ込むと頭が痛くなりそうだから止めておこう。

「そういうわけなんで、解析しても……」

「ね、ねえ、魔法研究ってどんなことしてるの？　私聞いてみたいなぁ」

あくまで俺の体を弄り回したいらしいリルルに対し、ティアナは必死に話題を逸《そ》らそうと試みる。

そんなけなげな頑張りが功を奏したのか、リルルは待ってましたとばかりに語り出す。

「よくぞ聞いてくれたっす!!　オイラがこれまで研究してきたのは、魔道具による魔法適性変換《パーソナルセレクト》についてで（前略）魔法属性は理論上どんな属性にも変化し得るのになぜ人には適性がありその壁を越えられないかというと（中略）その上で現状の魔道具は（後略）つまり（全略）」

「う、うん……なる、ほど……ね……？」

凄まじい勢いで繰り出される専門的なマシンガントークに、ティアナは全くついていけず目を回す。

俺も初めて聞く概念が結構出てくるんだが……いくら三百年経って魔法の研究が進んだとはいえ、この歳でこれだけ魔法に対して造詣が深いのは凄いな。

特に、そんな彼女が最後に口にしたテーマは、俺の興味を否応なく掻き立てた。

「……というわけで、その限界を越えるためにオイラが今目を付けているのが、〝魔法の物質変換〟っす！　魔物がその体のほとんどを魔力で構成しているのは知られてるっすけど、オイラはその原理を解き明かすことで、魔法そのものを物質としてストックする技術の開発を目指してるんすよ!!　それによって、どんなに才能のない人間でも魔法を使える魔道具を作るんす!!」

『ほほう？　そりゃあ面白いな』

魔力の物質化については、俺にとってもかなり重要なテーマだ。何せ、今の俺が魔力を生み出すために作り上げた魔石も、その魔力の物質化によって魔王の魔力から作り上げた代物だからだ。

ただ、この魔石は現状ではあまりにも出力が小さすぎて、動いたり喋ったり以上のことをするのは難しい。特に戦闘ともなれば、とても魔力の生成速度が追い付かない。

けど、もしその魔力を普段から物質としてストックし、戦闘中に解放出来たとしたら？　ましてや、それが最初から魔法の形を取っていたとしたら？

上手くすれば、全盛期の俺を超える新しい戦術すら編み出せるかもしれない。

『なあリルル、その研究、俺にも一枚噛ませてくれないか？　必要なら俺の解析も許可するぞ』

「いいんすか⁉」

「ラル君⁉　大丈夫なの⁉」

『おう、問題ないさ』

魔法の研究に危険がつきものなことくらい、腐っても大賢者を名乗った俺はよく知ってる。

こんな最弱の体から、もう一度最強に成り上がろうっていうんだ。リスクなんていくら背負っても背負いすぎってことはない。

「うー、分かった、ラル君がそう言うなら、私も協力するよ！　魔力で物を作るってことは、それを使えばラル君の体も作れるかもしれないし！」

『ティアナ……』

それ、魔物の体を人工的に作るって言ってるようなものなんだが……分かってるんだろうか？　多分、バレたら魔王薬同様、禁忌に指定されそうな代物なんだけど。

まあ、ティアナならもし完成しても悪さはしないだろうし、別にいいか。何も人を襲う生物兵器を作ろうってわけじゃないんだ、ゴーレムの一種ってことでゴリ押せるだろ。

……多分。

「それじゃあ早速解析を……！　と行きたいとこっすけど、今日のとこは機材の準備も出来ていないので、学園に来る前に作った魔道具のテストをお願いしたいっす」

「テスト？」

そう言ってティアナへと渡されたのは、筒状の奇妙な形をした魔道具だった。

筒全体に精巧に彫り込まれた魔法陣が独特の模様を描き出し、中には魔力が空の魔石が一つ入れられている。

「そいつは〝魔法銃〟、魔力の物質変換の真逆、物質の魔力変換を利用した武器っす。魔物から採れた後、時間が経った魔石は魔力が抜けてしまうんすけど、これはそうして空になった魔石本体を魔力に変えて攻撃するってコンセプトの魔道具なんすよ」

「へー、よく分からないけどすごそう！」

「にひひ、でしょうでしょう？　とはいえ、現状だとこの魔法銃を撃つためには使用者が少し魔力を込めなきゃならないんで、魔法の適性も魔力もほとんどないオイラじゃ試験するにも限界があるんすよね。そこで、本物の魔法使いであるティアナ様が使うとどうなるのか、ぜひともデータが欲しいんすよ！」

「本物の魔法使いって言うには、まだ出来ないことばっかりなんだけど……分かった、やってみるよ！」

話が纏まり、俺達は寮の外へと向かう。

てっきり、魔法訓練のために解放されている運動場の方へ行くのかと思っていたんだが、リルルが選んだのは寮の裏、人目につきにくい建物の陰だった。

『なあ、なんでこんなとこでやるんだ？　許可取ったのか？』

「何言ってるんすか、オイラみたいな平民出で、実技試験もズタボロだった生徒に訓練施設がポンポン貸し出されるわけないっすよ」

分かってないなぁ、みたいな感じでさらりと告げるリルル。

おいこら、それってつまり校則違反じゃねーか。指定された場所以外で魔法の訓練をするのは禁止だって教科書と一緒に渡された生徒手帳に書いてあったぞ。

いや、俺が言えた立場じゃないのは分かってるんだが。

「ダメだよリルル、規則は守らないと」

「ちっちっち。ティアナ様、ラルフ・ボルドーが残したこんな言葉を知ってるっすか？」

唐突に飛び出した俺の名前に、猛烈に嫌な予感を覚える。

そんな俺の予想を裏切ることなく、リルルはとんでもないことを口にした。

「『限界を超えたいと願うなら、まずは自分の常識から踏み越えて行け!!』」

『そんなこと言ってな……！　いや、言ったか？　けどこんな時に使う言葉じゃ……！　いや、俺もこんな時に使ってた気がする……！』

確かそう、俺がそこそこ危ない魔法実験をやろうとした時、色んな奴から止められそうになってそんなようなことを口走った気がする。だから間違ってはいない。

けど、こう、なんというか……実際に同じ言い訳で強行しようとしてる子供を見ると、そんな危ないこと止めろ以外の言葉が出てこねぇ!!　元凶になってるお前が言うのかって話なのは重々承知だけど!!

「あ、その言葉、私も知ってる！」

『え、マジで？』

「うん。確か、お父様が自分の部屋に大事そうに飾ってた本に書いてあったの。タイトルは確か……えーっと……」

「おおおーーー!!　ティアナ様のお父様も、この本の愛読者なんすか!?」

記憶の糸を手繰るティアナの前で、リルルが鼻息荒く一冊の本を懐から取り出した。

一体どれほど読み込んだのか、擦り切れてボロボロになったその本の表紙には、デカデカと『ラルフ・ボルドー大魔導伝』と書かれている。

「この本には、ラルフ様の伝説的な偉業や遺された名言なんかがたくさん記されていて、すっごくためになるんすよ!!　この本があったからこの学園に入れたようなもので、まさにオイラのバイブルっすね!!　ちなみに、ティアナ様はこの本のどの部分が好きっすか？　オイラは――」

ペラペラペラペラペラと一瞬たりとも止まることなく、滝のように流れ落ちる言葉の嵐に、俺は全くついていけない。

いや待って、本当に待って。そんなわけ分からん本まで作られてるのか俺。しかも、曲がりなりにも貴族だったクルトならまだしも、平民のリルルが持ってるってことは結構広く出回ってるってことだよな？　ヤバくない？

そして、クルトほどでなくとも俺のことを好いてくれているティアナが、熱心に俺の偉業や

名言（?）を語るリルルに影響されないはずはなかった。いつの間にやら、純粋な瞳をキラキラと輝かせながら、ぐっと拳を握り締める。

「リルル、ありがとう！　私もラルフ様みたいに、がんばって自分の常識を踏み越えてみせるよ！」

「その意気っす!!」

『ティアナダメだ、お前はこっち側に来るなーー!!』

俺の叫びも虚《むな》しく、ティアナが魔力を込めながらガチリとトリガーを引き、空へ向けて魔法銃を起動する。

魔法陣が輝きを放ち、ティアナが込めた僅かな……それでも恐らく、リルルが想定していた数倍以上の魔力を受けて内部の魔石が蒸発。純粋な魔力となって筒の中で暴れだし、そして

――


「ひゃわぁ!?」

『ティアナ!!』

予想を超える出力の魔力弾となり、発射口から飛び出していく。

反動でひっくり返ったティアナを魔法で受け止めつつ、放たれた魔力弾の行く末に目を向けると……。

『……あっ』

ティアナが反動でぶっ飛んだがために狙いが大きく逸れ、校舎すれすれを魔力弾が通過する。

その瞬間、偶々《たまたま》そこにあったラルフ像の一つに運悪く直撃し……跡形もなく消し飛ばしてしまった。

「ああ⁉　ど、どうしよう、私ラル君を壊しちゃった⁉」

「おおお落ち着くっすよ、まずは破片を集めて糊でくっ付けるっす‼」

『そんなもんで直るわけねーだろ‼　俺が魔法で直してやるから、まずはバレないように静かにだな……』

「誰に何がバレないように、ですか？　新入生のお二人さん？」

「「『…………』」」

恐る恐る振り返った先にいたのは、恐ろしげな笑顔で仁王立ちする一人の女教師。

笑っているはずなのに、背後に竜を背負っているかのように迫力満点の彼女は、大きく息を吸い――ガルフォードの魔法より尚《なお》強烈な、特大の雷を落とした。

「入学早々、何をしてるんですか‼　二人ともお説教です、そこに正座なさい‼」

「「ご、ごめんなさい（っす）――‼」」

こうして俺達（正確にはティアナとリルル）は教師に捕まり、日が沈むまで長い長い説教を食らうことになるのだった。

8

王都近郊にある、とある廃屋の中——

今にも崩れそうなその場所に、一人の男が居座っていた。

否、ただの男ではない。浅黒い肌に、天井にすら届きそうなほどの大きな体。そして何より、額から伸びる一本の角。

ここ王都に侵入した魔族の一人。知性を持ったオーガの戦士、オルガである。

小さな廃屋に大きすぎる体は如何にも窮屈そうだが、王都中に張り巡らされたニーミの監視網を潜り抜けて潜伏するには、多少の我慢が必要だ。

そう言い聞かせ、ただひたすらに石像のように固まって待機していた彼だが、ふと気配を感じて目を開ける。

「よお、戻ったか」

彼が声をかけたのは、何もない無人の空間。しかし次の瞬間、何もないところから黒ずんだ灰色の魔力が剥がれ落ち、一人の少女が唐突に姿を現す。

露出の多い黒の衣服に、腰から伸びる細長い尻尾。豊かな胸から始まる滑らかな曲線を描く肉体は、たとえ異種族と知っていて尚《なお》、あらゆる男を篭絡する色香を纏う。

オルガの相棒として共に行動している女魔族、アクィラだ。

「ええ、今回も仕込みは済ませて来たわよ。ニーミ・アストレアの警戒が強すぎて、予定には全然届いてないけどね」

「そうか……やはりそう思い通りにはいかないものだな」

肩を竦《すく》めるアクィラに、オルガは少しばかりの焦りを滲《にじ》ませる。

今のところ自分達の所在はバレていないが、それもいつまで持つか分からない。

確実に目的を達成するために焦りは禁物だが、だからといって悠長に構えてばかりもいられないのだ。

「ラルフ・ボルドーの方はどうだ？　奴も既に王都入りしているのだろう？」

故に、かねてより懸念していたもう一つの事柄についてオルガは尋ねた。

三百年前の英雄にして、ニーミ・アストレアの師匠。

彼が現代に、それもなぜかぬいぐるみの姿で転生していることは、既にオルガ達にとって周知の事実。何かしら手を打たねばと考えていたのだ。

そんなオルガに対して、アクィラは「ああ」とたった今思い出したように呟《つぶや》いた。

「奴なら問題ないと思うわ。試しにそこらの野良犬を操って仕掛けてみたけど、何の抵抗も出来ていなかったもの。やっぱり、相手の魔力を利用出来る状況でなければ、ただのぬいぐるみなんでしょうね」

あれは傑作だったわ、とアクィラは笑う。

王国中にその名を知らしめる聖人が、たかが野良犬にいいように弄ばれていたのだ。これを笑わずしていつ笑うと言わんばかりだ。

「むしろ、そうね……ラルフ・ボルドーそのものより、彼を大事に抱えている女の子の方が気になるわね」

「ティアナ・ランドールだったか……奴がどうした？」

「あの子の魔力、どうも私と相性が悪いのか、魔法が通じないのよ。野良犬にかけた魔法はあっさり解除されちゃうし、試験の途中で仕掛けた魔法も弾かれちゃうし」

「なに……？」

困ったものだわ、と肩を竦めるアクィラに、オルガは眉を顰《ひそ》めた。

アクィラの力は、この国の魔導士の平均を大きく上回る。

そんな彼女の魔法を、まだ学園に入学したての小娘が打ち破ったというのは、にわかには信じがたい。

「始末するか？」

だからこそ、その案がオルガの口から出たのは至極真っ当な考えだった。

しかし、アクィラは首を振ってそれを否定する。

「そうしたいのは山々だけれど、ニーミ・アストレアもその子を警戒しているようなのよね、魔族の関係者じゃないかって。だから、下手に手を出すと私達の存在がバレちゃうわ」

「は……？　なぜ、ニーミ・アストレアがティアナ・ランドールを警戒する？」

オルガからすれば本気で意味が分からず、ぽかんと間の抜けた顔を晒す。

そんな彼を見てコロコロと笑いながら、アクィラは知り得る情報を並べていく。

「どうやら、ラルフ・ボルドーはかつての力を取り戻すために、魔王様の力に手を出したようね。そのせいで、彼の体から少しだけ魔王様の魔力を感じるみたい」

「なるほどな。そうなると、俺達から手出しするよりも、泳がせて潰し合わせた方が得策か」

「ええ。流石《さすが》に実力差がありすぎるから、潰し〝合う〟とまでは行かないでしょうけど、出来るだけそうなるように上手く手を回しておきましょう。そして、ニーミ・アストレアの注意が見当外れのところに向いている今のうちに、早く仕込みを終わらせるわ」

「頼んだぞ。今回の作戦は、お前にかかっている」

「もちろん、分かっているわ。全ては魔王様復活のために」

そう告げて、アクィラは踵《きびす》を返してその場から立ち去る。

その途中、ふと思い出したように一度だけ振り返り、「そういえば」とオルガに声をかけた。

「貴方、見るからに窮屈そうだけれど、他の隠れ家に移動しなくていいの？　もう少し広いところ、他にも用意してあるけれど」

「…………」

そんなものがあるのなら、出来れば最初から教えて欲しかった……。

オルガの声にならない嘆きの心を視線で感じたアクィラは、無言で隠れ家の場所をメモに書き残し、彼へと渡す。

そして今度こそ、その場から姿を消すのだった。

教師から盛大に説教を食らったリルルだったが、全く懲りた様子はなく。先ほどの実験結果を紙に纏め、次はどうしようかなどとウッキウキで悩みだした。……片付けもそっちのけで。

どうやらこの子、過去の俺……というか、本に記された俺の伝説に酷く憧れているらしく、俺がかつて口にした言葉を悉《ことごと》く真に受けているらしい。

さっきの「常識を踏み超えて行け」もそうだし、他にも「自分の願いに正直であれ」とか、「魂のままに生きろ」とか……本当に色々。

これで、本来の意味と違う受け取り方をされているならまだ良かった。いや良くはないけど、否定することも出来たんだ。

ところがどっこい、この子の受け取り方は悪い意味で俺の言葉通りだ。魔法の上達と研究のために突っ走るところとか、まさに昔の俺そのまんま。

なまじ俺がやっていたことだけに、俺の口から止めろとは非常に言いづらい。困ったことに。

「ラル君、どうして起こしてくれなかったのー⁉」

『いや、起こしても起きなかったんだよ、ティアナもリルルも……』

「あはは、申し訳ないっす！」

そんなわけで、夜遅くまで作業を続けたリルルも、それに感化されて一緒に夜更かししたティアナも、仲良く授業開始初日から寝坊する羽目になっていた。遅れないよう、今は二人揃って全力ダッシュ中。

うーむ、これは俺の保護者責任ということになるんだろうか？　悩む。

「よし、セーフ！」

一人悶々とする俺を抱え、ティアナが教室に飛び込んだ。

それを待ち構えていたのは、同じ一年の生徒達の視線……そして何より、思いっきりお冠な様子のレトナだった。

「アウトですわ！　貴女は初日の授業から何をそんなに遅れてるんですの、もう少し貴族としての自覚を持って……」

ガミガミと、レトナから降り注ぐ説教の嵐。

昨晩に続き二度目となるこの状況に、ティアナは思い切り目を回していた。

「まあまあ、レトナさん。今日のところはそれくらいにしてあげましょう。まだ一度目ですし」

そんなレトナを制止する教師の声。見れば、昨日ティアナ達を説教していた女教師だった。

あんだけ長い説教をかました教師と本当に同一人物かと疑いたくなるような真逆の言動だけど……もしかして、昨日あれだけ説教したのが響いて遅刻させてしまったとでも思ったんだろうか？

もしそうなら心配はいらんぞ、この子らが勝手に夜更かししただけだから。

なんて言ってやればいいんだが、流石《さすが》にこんな大勢の前で目立つわけにはいかんし、大人しくしていよう。

「これから皆さんは、この学園を卒業するまでの三年間、一緒に過ごすことになるんですから。

元気に仲良くいきましょうね」

打算塗《まみ》れの沈黙を選ぶ俺と違い、この人はちゃんと教師をしているようだ。

うん、ティアナがちゃんとクラスに受け入れられるか不安だったが、少なくとも先生は良い人そうだ。

「ふん、何が仲良くだ、くだらない……」

ただ、当然と言うべきか。全員がそんな奴ばかりということもなく、舌打ちすら漏らす輩《やから》もいる。

というか、またソルドだな。試験の時もそうだったが、やっぱりティアナやその肩を持つレトナが気に入らないのか、苛立ち交じりの目でこちらを見ている。

「そうだ、俺達は仲良しごっこをするために学園に来たんじゃない!!」

「我々は魔法を学び、貴族としての責務を果たすために来たんです。意識の低い下級貴族や平民と一緒にしないで貰いたいですね」

そんなソルドに同調するように、彼の周囲に集まった取り巻きらしき男子二人からも似たような言葉が浴びせられ、実際に遅刻したティアナは何も言えずに黙り込む。

一方、ついでみたいに巻き込まれたリルルはと言えば、特に気にした様子もなく息を整えていた。教室に着くまで走り過ぎて、早くもへとへとらしい。

……ティアナで慣れつつあったから忘れかけてたけど、このくらいの歳の子なら体力もこんなもんだよな。補助くらいしてやるべきだったか？

「全く、爵位や身分ばかり誇っていてもしょうがないですのに。ほらティアナ、そこの貴女も、席に向かいますわよ」

「う、うん」

「はいっす！」

レトナに促され、ティアナ達も席に向かう。どこに座るかは生徒の自由らしいが、レトナが選んだのは一番後ろの窓際、周りから目立たない場所だった。

どうやら、ティアナに気を遣ってくれたみたいだな。

「んんっ、さて、それでは皆さん揃いましたので、ホームルームを始めていきますよ。まずは自己紹介から――」

若干微妙になった空気を変えるためか、一つ咳払いしつつ出来るだけ明るい声で話を進める女教師――フェルミアナ先生というらしい――だったが、一度重くなった雰囲気は中々元に戻ることはなく。

この日の授業は、なんともギスギスとした空気の中で執り行われることになるのだった。

⑩

「ふわぁ、疲れた～」

お昼休み。皆が昼食のため食堂に集まる中、ティアナもまたそこで気の抜けた声を上げ、テーブルに突っ伏していた。

慣れない勉強に周囲の視線と、色々重なって疲れたんだろう。周りに不審がられない程度に、俺はティアナを労《ねぎら》うように撫でてやる。

『よく頑張ったな、偉いぞ』

「全く、先生はティアナを甘やかし過ぎですわ。貴族たるもの、人の目がある場所では常に自分を律した態度でいるべきです」

そんなティアナの対面に座るレトナから、軽いお小言が投げられる。

とはいえ、ティアナに同情もしているんだろう。その声色には気遣うような気配が感じられる。

「人がいるところだと、ずっと気を張ってなきゃならないんすか？　貴族って大変なんすねえ」

「大変なのは確かですが、貴女も乙女なら少しは恥じらいというものを覚えてください、リルルさん」

「ほえ？」

レトナに呆れ顔を向けられたリルルは現在、口の中へかきこむような勢いで手元のビーフシチューを食べ進めていた。

量は普通なんだが、食べ方の方は完全に冒険者だ。頭痛を堪えるように、レトナがこめかみを押さえている。

「私と一緒に食事を摂る以上、そんな下品な食べ方は認めませんわ！　ほら、もっと背筋を伸ばして、お皿に口を持っていくのではなくスプーンで掬った分だけ口をつけなさい！　そんなことではお嫁に行けませんわよ！」

「うひゃあ⁉　レトナ様、うちの母ちゃんみたいっす〜！」

「誰が誰のお母様ですか‼　というか、家でも注意されているのならさっさと改善なさいな‼」

「だってご飯を食べる時間がもったいな……」

「改　善　な　さ　い　な」

「は、はいっす……」

レトナの迫力に押しきられ、暴れ馬のように突き進むばかりだったリルルがついに折れた。

うーむ、これが保護者の貫禄か……俺も見習った方がいいのか？

なんて思ってたら、レトナに睨《にら》まれた。こわっ。

「というか、オイラばっかり言ってるっすけど、ティアナ様はいいんすか？」

「ふえ？」

怒りの矛先を逸《そ》らそうとしたのか、リルルがティアナへと水を向ける。

レトナが目を向けたそこには、肉も野菜もスープもパンも、色んなものが山盛り積まれたお盆を食べ進めるティアナの姿があった。

その尋常ならざる光景に、レトナは全員分の食事をここまで運んできてくれたシーリャへと声をかける。

「……シーリャ、なんでこんなに多いんですの？」

「ティアナ様のご要望でしたので」

「……ティアナ、それ食べきれるんですの？」

「うん、大丈夫！」

そう答え、ティアナは肉にナイフを通す。

リルルと違い貴族らしい所作で、明らかに一口サイズにしては大きすぎる塊を切り出し、フォークを突き刺す。

それをそのまま、口まで持っていき……次の瞬間、消えた。

はしたなく大口を開けることもなく、肉の塊が忽然と姿を消し、ごく普通にティアナは小さな口でもぐもぐと何かを咀嚼《そしゃく》していた。

まるで意味が分からないんだが、ティアナはいつの間に空間魔法を習得したんだ？　え、そんなもの使ってない？　知ってるよ!!　知ってて聞いたんだよ!!

「……見なかったことにしましょう」

レトナも理解することを諦めたのか、静かに自分の食事に戻っていく。

まあ、なんだ。一応、魔力ってのは体が生み出すエネルギーの一種だから、魔力量が多い奴ほど大飯食らいになる傾向があるのは確かだ。俺も生前は大酒飲みだったし。

ただ、それにしても多すぎないか？　少しは自重した方が……えっ、俺と行動するようになってからたくさんお腹空くようになったって？

俺が横からかっさらう魔力が原因か。うん、これは俺も気にしない方が良さそうだな。

「それで、結局お二人の遅刻の原因はなんだったんですの？」

「ああ、それはね……」

話題を変えるためか、今朝のことについて尋ねるレトナへと、ティアナは事情を語り聞かせる。

全てを聞いたレトナは、手に持っていた食器を置いて静かに立ち上がり、そして……。

「遅刻以前に何を校則違反してるんですの貴女方はー!!」

「ひゃう⁉」

「あうっ⁉」

二人に向かって、痛烈なデコピンを見舞った。

「あうぅ、痛いよレトナぁ……」

「痛いよじゃありませんわ！　何が常識を踏み越えるですの、越える前に常識を学びなさいな!!」

『そうだそうだー』

「そうだそうだじゃありません!!　先生もティアナの保護者なんですから少しは止めてくださいな!!」

あ、やっぱり俺の保護者責任ある？

なんだぞ？』

『まあ落ち着けレトナ、今はこっそり魔法で遮音してるからいいが、俺の正体については秘密
「今はそんな話してませんの!!」

「お嬢様、お茶です」

「あら、ありがとう、シーリャ」

ようやく席に戻ったティアナが、シーリャの用意したお茶を一口。

ほう、と一つ息を吐くと多少は落ち着いたのか、疲れた顔で再度口を開いた。

「ともかく……そういった魔法の実験がしたいのなら、次からは私に相談してくださいな。貴女達は難しいかもしれませんが、私なら一年生用の訓練施設はすぐに予約が取れるでしょう。共同で使用する分にはさほど制限もありませんし」

「マジっすか⁉　助かるっすレトナ様!!」

レトナの提案に、リルルが飛び上がらんばかりの勢いで大喜びする。

これで好きなだけ実験が出来るとテンションを上げまくるリルルに、「限度はありますわよ⁉」とレトナが慌て出した。

「特に今日の放課後などは、なぜかフェルミアナ先生に呼ばれておりますし。流石に、施設の予約をするだけして当人がいないというのはマナー違反ですわ」

「そうなんすか。じゃあその間はまた寮の裏で……」

「貴女は人の話を聞いてましたの？」

「ノォー!! 暴力反対っすー!!」

レトナのヘッドクローを食らい、悲鳴をあげるリルル。まあ、自業自得だな。

「全く、そんなに魔法の研究がしたいなら、実験ばかりではなく勉強すればいいではないですか。この学園の図書室には、余所では見られない資料がたくさん置いてありますのよ？」

「マジっすか！ それじゃあ噂に聞く魔物の生体解剖学の本とかあったり!?」

「それ禁書ですわよ。流石に置いてないと思いますの」

「そ、そんなぁ……」

がっくりと肩を落とすリルルに、レトナは処置なしとばかりに肩を竦《すく》める。

リルルの言う魔物の生体解剖学というのは、魔物の肉体を構成する魔力の特性を調べ上げ、魔物を人工的に生み出す魔法を作ろうとした研究者が記した本らしい。

実質、魔王の力の再現だな。危険過ぎるってことで禁書に指定されたんだと。

予想はしてたけど、やっぱり禁忌なのか、それ。

「その本を読めば、オイラの研究もまた一段と進むと思ったのに～」

「まあ、そんな危ない本でなくとも、有用な本はたくさんありますわよ。……ところでティアナ、貴女はどうしたんですの？」

リルルと話し込んでいたレトナは、ふとティアナへと目を向ける。

あれだけ大量にあったご飯を綺麗《きれい》に平らげたティアナは、お皿の前でそわそわと落ち着きを失くしながら、一言。

「おかわりしたいなぁって思って。シーリャさんに聞いたら持ってきてくれるっていうから、待ってるの」

「まだ食べますの、貴女……」

呆れを通り越して戦慄すら覚えている様子のレトナだったが、ティアナは食べ物のことで頭がいっぱいなのか、気にした様子はない。

そうしていると、ついに料理を持ったシーリャがやって来たのだが……その後ろにはもう一人、見知った顔の男がいた。

「もたもたせずに早く運んでください。遅いですよ」

「こ、これでも急いでるんだ！　……って、ああ⁉　お前は、ティアナ・ランドール⁉」

「あ……ベリアル様。どうしてここに？」

「様はいらん！　俺は今や、貴族ではないのだからな」

ガルフォードの一件で処罰を受け、爵位を返上することになったルーベルト元子爵家の長男、ベリアル。

今はクルトの計らいで、旧ルーベルト領の管理運営の手伝いをしているはずだが、こんなところで何してるんだ？

「それと、どうしてここにという話だが、母上の命でな。今一度、この学園に身を置いて社会勉強し直してこいと、かつてのコネを使って送り出して貰ったのだ。用務員の下働きという形でな」

『用務員が食堂の手伝いもしてんのか？』

「今、この学園は人手不足らしくてな。俺のように優秀な人材は、どこも引く手数多《あまた》というわけだ！」

「そういうセリフは、せめてまともに配膳出来るようになってから言ってください。私くらいに」

「ま、まだ慣れていないだけだ、すぐに上達してみせる‼　というか、お前のそれは流石に誰も出来ないのではないか⁉」

お盆に載った皿をおっかなびっくり運びながら、ベリアルは叫ぶ。

両手に頭に肩にと、もはや曲芸か何かかと思うほどに、大量の皿を運ぶシーリャと比べられちゃ、確かにたまったもんじゃないだろうな。

それを差し引いても、ベリアルの手付きは危なっかしいと思うが。

「うおぉ⁉」

すると案の定、バランスを崩したベリアルがお盆をひっくり返す。

上に載っていた出来立て熱々の料理が、思い切りティアナの方へとぶちまけられ――次の瞬間。

「ふっ――」

シーリャの姿がかき消えたかと思えば、宙を閃く箸の輝き。

両手に頭、肩すらも埋まっていたはずのシーリャはしかし、指先で摘まんだ箸によって空を飛ぶ料理を次々と受け止めてはお盆に戻し、見事元の状態で受け止めていた……！

いや、意味が分からんぞ。

「す、すげえ……」

「なんだあのメイド……人間か本当に？」

そんなものを見せられては、今まで遠巻きに見ているだけだった他の生徒達も反応せざるを得ないらしい。皆口を開けたまま呆然と固まっている。

良かった、シーリャがおかしいと思ってるのは俺だけじゃなかったんだな。

「料理を落とすなど言語道断ですよ、ベリアル。せめてこれくらいのことは出来るように精進しなさい」

「だから、出来るわけないだろう⁉」

「お嬢様への愛さえあれば出来ます」

「まさかの精神論⁉」

圧倒的なパフォーマンスに続いて繰り広げられる、コントのようなやり取り。

そんな二人へまず声をかけたのは、シーリャの主人たるレトナだった。

「シーリャ、先ほど用務員も手が足りないから駆り出されているとは言っていましたけれど、なぜ後輩の指導まで貴女がやっているんですの？　貴女も用務員として雇われたなら、食堂で働く予定はなかったはずですわよね？」

「勝手な真似《まね》をして申し訳ありません、お嬢様。実は昨日、お嬢様のお食事を用意すべく、こちらの食堂を訪れキッチンを借りたのですが……その際、こちらの料理長が弟子入りしたいと申し出て来まして。私はお嬢様の物なので弟子は取らないと申し上げたのですが、せめてその技を間近で見たいと申されましたので、用務員兼学園の専属料理人ということで肩書きが変更されました」

「だから今日は食堂で皆さんと食べるように言いましたのね。……色々とツッコミたいことはありますが、まあ納得しましたわ」

シーリャに言われなかったら、食堂で食べるつもりはなかったのか……。

ここの食堂だって、貴族子弟相手に開いてるだけあって料理のレベルも高そうなんだが、その料理長すら弟子入り志願するメイドがいたらそうなるか。

「その結果、もののついでとばかりに押し付けられたのが、こちらの男でございます」

「ついで扱いするな!!　見てろ、俺は必ずやこの学園で成り上がり、ルーベルト家を再興してみせる!!」

『いや、用務員からは難しくないか……?』

平民から貴族に成り上がるには、基本的に戦場で大戦果を挙げるか、途方もない額の上納金を王家に納めるかしないと無理だぞ。

学園の用務員に戦場に出る機会なんかあるわけないし、決して給料も悪いわけじゃないが、流石に貴族になれるほどの金を貯めるのは難しいと思うぞ。頑張れば学園の要職には就けるかもしれんが。

「がんばってください、ベリアルさん。応援してます！」

だが、そんなアホみたいな夢をティアナは応援するつもりらしい。心から激励するように、笑顔で拳を握ってみせる。

そんなティアナに、ベリアルは照れたように顔を逸らした。

「……ふん、やはり変わり者だな、お前は」

「？？」

ルーベルト家が再興するってことは、今ランドール家が管理してる旧ルーベルト領が返還される可能性だってある。

そうでなくとも、あれだけ色々あった間柄なんだ。相手の再起なんて、普通は素直に応援出来るもんじゃない。

それが分かっているのかいないのか、こてりと首を傾げるティアナを、俺はいつものように撫で回した。

「いやー、オイラにはよく分からないっすけど、貴族って大変なんすねえ」

そんな中で、終始蚊帳の外だったリルルがしみじみと呟《つぶや》く。

何の話をしていたのか、半分も理解していなさそうな顔だけど、ベリアルに改めて周囲の目を意識させる効果くらいはあったらしい。

顔を真っ赤にしたベリアルは、誤魔化すように強引な話題転換を試みる。

「そ、それよりだな！　お前達、俺達が来る前は何やら困り顔だったが、どうしたんだ？」

『ん？　ああ、それなら……』

せっかくなので、ベリアルやシーリャにも先ほどから話していたリルルの研究に纏わる現状について教えてみる。

するると、意外にもベリアルから「それなら」と意見が飛び出した。

「噂の域は出ないが、この学園の図書室には禁書指定された本を保管しておくための秘密の部屋があるらしい。図書室の中に入り口があるという話だが……ティアナ・ランドールとその使い魔なら、見付けられるのではないか？」

『ほほー、そんなものがあるのか』

禁書は扱いを間違えると危険だったり、王家にとって不都合なことが書かれていたりするからこそ禁書として指定されるわけだが、後者はともかく前者は一般流通されるとマズイだけで、書物としては有用なものが多い。

そんなわけで、焚書《ふんしょ》もされずに半ば公然の秘密として保存される本があったりするわけだが、この学園にもそういうのがあるのか。

リルルじゃないが、その手の本は俺にとっても有用な情報が書かれてるかもしれないし、あるなら是非読んでみたい。

「ベリアル……さらりとこの子達に変な情報を教えないでくださいまし……」

「ははは、貴族たるもの、規則を守るばかりではいられないことはレトナ様とて知ってるでしょう？　それに、かの大賢者ラルフ・ボルドーもこう言っていたではありませんか、『人には時に、全てを投げ打ってでも為さねばならないことがある』と！」

『ベリアルお前もか!!』

特別俺に執着がないベリアルですら知ってるって、どんだけ浸透してるの俺の言葉!?

つーかそれ、俺がギャンブルでオールインしようとしてニーミに止められた時に言った言葉だろ!!　結局惨敗してニーミに絞め殺されかけたから、よく覚えてるよバカ野郎!!

「先生……」

そしてレトナから突き刺さる、絶対零度の視線。

やめて、その感じすごくニーミを思い出して怖くなるから。背筋どころか魂ごと凍り付きそうだよ。俺も悪気があって言ったわけじゃないんだ、許して。

えっ、悪気がないのが余計に性質《たち》悪いって？　ごめんなさい。

「それに問題ありませんよ、秘密書庫はこの学園に存在しないことになっている。つまりそれを取り締まる規則はどこにもない」

「禁書の方はありますわよ、全く……」

頭痛を堪えるように、レトナがこめかみを指で揉みほぐす。

あまり口うるさく言うのも疲れたのか、やがて諦めたようにげんなりと口を開いた。

「私は何も聞かなかったことにしてあげますわ。それと、禁書の取り扱いについては、〝所有と閲覧〟を禁止されておりますが、〝禁書かどうかの確認〟は禁止されておりませんから、最悪それで言い逃れてくださいまし」

「おおーー‼　レトナ様、いいんすか⁉」

「今回だけですわよ。それと、グレーゾーンは白と言い張れますが、黒は黒でしかありませんので、そこは上手く見極めてくださいな」

「ありがとうございまっす‼」

読みたかった禁書が読めるかもとあって、リルルのテンションが天井知らずで爆上がりしていく。

そんなリルルを眺めて苦笑する俺達を余所に、ティアナは大量の料理を前にご満悦な笑みを浮かべていたんだが……まあ、幸せそうで何よりだ。

11

昼食の後、午後の授業を受けた俺達は、放課後になるとレトナと別れ、話に聞く図書室へと向かった。

別れ際、「秘密書庫もいいですけど、そんなものなくとも驚くと思いますわよ」と意味深な言葉をレトナが残していたこともあり、年甲斐もなくワクワクしながらそこへ向かうと……その言葉が決して誇張ではなかったと思い知らされた。

「わぁ、ひろーい……！」

図書室に入って、ティアナがまず最初に上げた第一声の通り、この場所は途方もなく広い。

教室があった校舎とは別の建屋に、そのスペースのほとんどを利用して作られた場所に何列もの棚が並べられ、全てにぎっしりと本が詰まっている。

この本を真っ当な手段で全部読もうと思ったら、それだけで一生かかりそうだ。

「こんなに広かったら、禁書？　も普通に交じってそうだね」

「流石にそれはないんじゃないすかね？　オイラの家が出してる魔道具の中に、蔵書の管理が出来るものもあったっすから。仮に図書室に入れた後で禁書に指定された本があったとしても、すぐに分かるっす」

「へ～、そんな魔道具もあるんだ」

流石は魔道具売買で大きくなったマッカートニー商会の娘と言うべきか、その辺りの知識は大したものだな。それに、魔道具で本の管理まで出来るとなると、俺が思っている以上に応用の幅が広そうだ。

『となると、やっぱり、秘密書庫とやらを探すしかないか。とはいえ、この広さを虱潰《しらみつぶ》しってのも無理があるな』

探すだけなら、特に怪しまれることもなく普通に出来るだろう。何せ、図書室には俺達以外にも人の気配は多数するんだが、俺がこうして普通に喋っていても誰も気付かないくらいには広いんだから。

けどその広さのせいで、何かが隠されているとしても見付けるのは非常に困難になっている。真っ当な手段じゃ、とてもじゃないけど秘密書庫なんて見付けられない。

なら、真っ当でない手段を使うまでだけどな。

『というわけで、俺が空間魔法でこの図書室周辺に隠された部屋がないか探ってみる。これだけ広いんだ、出力に気を付けて範囲を絞れば、よっぽどじゃない限りはバレないだろ。ティアナ、魔力頼んだ』

「うん、分かった！」

ティアナが俺の体を抱き、魔力を注ぐ。

それを俺の制御で以て操り、周囲の空間へ向けて魔法を放った。

《空間掌握《パラレルサーチ》》

空間属性の魔力が壁を透過し、周囲の地形情報を詳細に脳裏へ浮かび上がらせる。

魔法で隠された空間なんかも見付けられるから、本当にそんな書庫があるなら確実に捉えられるだろう、と考えたんだが――

『ビンゴ、それらしい部屋を見付けた。ただ……』

「ただ？」

『……魔法で空間ごと隔離されてるな。この魔法をかけた術者本人か、特定の解錠手順を踏んだ奴しか中に入れないようになってる』

これは厄介な、とボヤキながら、ひとまずその書庫と思われる空間へ繋がる場所へ移動する。

他と何ら変わりない、強いて言えばあまり生徒が寄り付きそうにない、古めかしい本が並ぶその棚を眺めつつ、俺はふむと腕を組む。

『無理矢理魔法を破壊して侵入することも出来ないではないが、そこまですると言い訳も利かないからなぁ……解錠方法を解読するにも、中々難解な魔法だし、時間かかるぞこりゃ』

「時間かかるって、どれくらいっすか？」

『一日二日で済めばいいけど』

「うえぇ、そんなにっすか⁉」

待ちきれないとばかりに頭を抱えるリルルだが、これぱっかりは仕方ない。下手なことすれば、ニーミにバレて問答無用で焼かれかねないし。

「うーん……」

『ん？　どうしたティアナ』

そうして悩んでいると、ティアナもまた本棚を眺めて唸っていた。

何か気になることでもあるのかと思えば、ティアナはおもむろに棚に並べられた本へと手を伸ばした。

『ティアナ？』

「うんとね、なんか所々変な本が交じってるなーって」

『変な本……？』

言われてティアナが手に取った本を見るが、パッと見ではよく分からない。

しかし、元あった場所にある本と見比べると、ほんの僅かだが他の物に比べてサイズが小さいことに気が付いた。

「他のところは全部綺麗に揃ってるのに、ここだけちょっと違うのがあるなんて変だなーって。置くならここだと思うの」

そう言って、ティアナは本の位置を変更する。

しかもそれ一つだけではなく、色味や番号、年代、タイトルの頭文字による昇順——

広い棚の中でいくつもの違和感を見付け出しては直していき、それがちょうど十個を数えた時。大きな変化が訪れた。

「ふえ……？」

本棚全体を覆う、巨大な魔法陣が突如として出現。その壁の奥に作られた部屋へと繋がる転移門を作り上げた。それも、周りからはそれが見えない偽装結界付きで。

突然の事態にポカンと口を開けたまま硬直するティアナとリルル。一方で、俺は今発動した魔法について考えを纏めていた。

『……なるほど、本の配置をトリガーに、それぞれの本へ込められた魔力を使って扉が開く仕組みか。これは、最初から開け方を知ってなきゃ、ティアナ以外には開けようがなかったな』

「え、私？　でもラル君、私、魔力なんて込めてないよ？」

『だからだよ。魔力を込めるつもりもないのに、無意識に条件を満たすほど常時魔力を垂れ流してるのなんて、ティアナ以外にはまずいない』

そう考えれば、セキュリティとしちゃ十分な機能は持ってたんだろう。

『ティアナのお手柄だな。やるじゃないか』

「はえー、やっぱすごいんすね、ティアナ様！」

「えへへ、ありがとう、二人とも」

褒められて照れるティアナに和みながら、満を持して開かれた転移門へと足を踏み入れる。

そこは、図書室に比べれば随分と小さな部屋だった。

より濃くなった紙の匂いはこの部屋が作られてからの年月を物語り、事実として俺が生きていた時代に既にあった本すら見受けられる。

『中々趣があるところだな。ここなら確かに、目的の本もありそう……』

「おおーー!!　あった、あったっすよーー!!　禁書がいっぱいっすーー!!」

『早いよお前。つーかあんまり叫ぶなそれを。やることは同じでも、建前ってのを守った方が後で怒られる量が減るんだからな？』

「なるほど……参考になるっす！」

俺の言葉を大真面目にメモするリルルに、ティアナは苦笑気味。

しまった、つい昔の癖で。ティアナの教育に悪いことは自重しないと……って、ここにいる時点で今更か。

そんなわけで軽く開き直った俺は、ティアナも巻き込んで禁書と思《おぼ》しき書物を読み漁っていく。

そこには、俺やリルルの待ち望んだ情報がしっかりと記されていた。

『ほう、なるほど。魔物の体は単に魔力を凝縮して作られているんじゃなく、特定のパターンに従って結晶化しているわけか。そうすることで魔力として霧散せず、物資の状態を保ってるわけだな』

「物によってパターンが違うみたいっすね。個々の魔力に応じて適した形があるみたいっす」

『魔王の魔力は、元から寄り集まって結晶化しやすい特性があるんだろうな。人間の魔力だと、まずはそのパターンを見付け出して自力で形作らなきゃならないのが厄介だ。その辺りの手間は現状の課題として……魔王の魔力も、ただ自然にくっついただけの状態より、適切な形に構成し直した方が良いか？　俺の魔石を一度魔力に融解して……でも、魂への接続はそう何度もやるのはリスクが……』

「ん？　なんの話っすか？」

『悪い、こっちの話だ。それで、魔力の構成パターンの探り方だけど……』

「？？？」

俺とリルルが話し込む横で、ティアナは理解が追い付かない様子で首を傾げている。

さっきも転移門の仕掛けをあっさり見抜いてたし、頭の回転は良いはずなんだけどなぁ。苦手意識の問題なんだろうか？

『取り敢えず、ティアナの魔力で少し試してみるか』

「私の？」

『ああ。何せ、この場でまともに魔力があるのはティアナだけだしな』

リルルは試験の成績がボロボロだったと自称していた通り、魔力がほとんどない。だからこそ、魔道具によってその穴を埋めようとしてるんだろう。

……それこそ、三百年前にドランバルトのガキんちょが言っていたみたいに。

『まあ安心しろ、制御は俺がやる。せっかくだから、理論も教え込んでやるがな』

「うん、お願い！」

やる気だけなら誰にも負けないティアナの元気な返事を聞きつつ、調べた内容を元に実験を行う。

内容は、魔力の結晶化による物質状態での固定、及びその解放だ。

「まずはティアナ、いつもの調子で魔力出しな。それを俺が纏めてみる」

「こう？」

『そうそう。よし、こいつを……』

ティアナが軽い気持ちで放出した大量の魔力を、俺が制御する形で圧縮していく。

その上で、上手く固定化する形を見付けなきゃならないんだが……。

『うーむ、意外と難しいな……』

魔力制御と一口に言っても、感覚としては目に見えない粘土を捏《こ》ね回しているようなものだ。

手に触れただけで魔力の状態を見極め、形を整えていくというのは中々に難しい。ましてや、どういった形が完成形か分からない現状では尚更《なおさら》だ。

そうやってモタモタしている間に、形になり損なったティアナの魔力は霧散し、空気に溶けて消えていく。

『ティアナ、もう一回頼む』

「うん！」

結局失敗してしまったが、これくらいは予想通り。最初から上手くいくなら誰も苦労しない。

そんなわけで、ひたすらティアナに魔力を出して貰い、それを俺が捏ねくり回して結晶化させようと奮闘するのを繰り返す。

それを横で眺めていたリルルは、「はえー」と感嘆の息を溢《こぼ》した。

「ティアナ様、すんごい量の魔力垂れ流してるっすけど、平気なんすか？」

「うん、まだまだいけるよ！」

「まじっすか。オイラが特別少ないにしても、普通の魔法使いだったらこの回数試す頃には、とっくに魔力枯渇してぶっ倒れてるっすよ？　この部屋の解錠といい、本当にすごいっすねえ」

「あはは、魔力量だけは、ラル君にも褒められた私の唯一の自慢だからね！」

ぐっと拳を握り締め、元気さをアピールするティアナ。

しかし、ふとその表情に陰が落ち、顔を俯かせてしまう。

「本当に、それだけだから……もっと、がんばらないと。入学試験の時も、カッコ悪いところ見せちゃったし」

ソルドとの戦いに負けたこと、まだ気にしてたのか……。

もしかして、リルルや俺が校則やらなんやら放り捨ててこうして研究するのに付き合ってるのも、ティアナなりに強くなりたくて悩んだ結果なのかもしれないな。

どう声をかけたらいいものかと悩んでいると、俺よりも早くリルルが口を開いた。

「んー？　でもソルド様の結界魔法ぶっ壊したんすよね？　それなら十分強いと思うっすよ？」

「でも、みんな期待外れだって……」

「周りの言うことなんて気にしてたらキリないっすよ？　ほら、オイラを見るっす！　平民の分際で魔法学園に入って、堂々と秘密書庫に入って禁書を読み漁るアホっすよ？　ティアナ様よりオイラの方がよっぽどダメな奴っす」

『自覚はあったのかよ』

割りと真面目な雰囲気だったけど、思わず突っ込んでしまった。

そんな俺の言葉を当たり前のように聞き流しながら、リルルは尚も語り続ける。

「ラルフ様の残した言葉にも、こんなのがあるっす。『笑いたければ笑えばいい、これが俺の道だ』って。ティアナ様も、なんかやりたいことがあってここに来たんすよね？」

「……うん。私は立派な魔法使いになって、故郷のみんなを守りたい。ラル君の体を作ってあげられるくらい魔法をたくさん覚えて、ラル君の相棒だって胸を張って言えるようになりたい！」

「なら、周りの声に惑わされちゃダメっすよ。落ちこぼれ上等、一緒に全部ひっくり返して、笑う奴らを逆に笑い返してやるっすよ！　どうだ、オイラはすごいだろ！　って」

ティアナを励ますように……そして自分自身に言い聞かせるように、リルルは笑う。

それに釣られ、ティアナもまた元気を取り戻すように顔を上げた。

「うん、そうだね。ありがとうリルル、私達、一緒に強くなろう！」

「はいっす！」

少女二人、目標を見据えて笑い合う。

相変わらず貴族も平民も関係ないティアナに心が温かくなるのを感じつつ、少しばかり放置された俺は自分の存在をアピールするように手を振った。

『おーい、盛り上がってるところ悪いんだが……魔力の固定化、出来たぞ』

「えっ、出来たんすか⁉」

「ほんとに⁉」

『おう、二人が話し込んでる間にコツを掴んだぞ』

驚く二人の前に差し出したのは、以前ティアナに披露した魔力の花。

ただし前回と違うのは、これが一時的に形を成しているだけの幻ではなく、放っておけばずっとこの形を保ち続ける物質と化していることだ。

「わあ、すごい……！　本物のお花みたい」

まだ少し練り込みが足りないからか、僅かに霧散する魔力の影響でキラキラと輝く花に触れ、きゃっきゃとはしゃぎだすティアナ。可愛い。

『これでティアナの魔力を物質化する魔法陣は組めそうだ。それで、こっからが本題なんだが……ティアナ、お前はソルドとの戦いで負けた原因、なんだと思う？』

「え？　えーっと、《魔力零帰《ゼロリバース》》を最後までしっかり撃てなかったから……？」

『それもあるが、もっと大きな原因は、今のティアナには〝防御の技〟がないからだな』

ティアナの魔力零帰《ゼロリバース》は、あらゆる魔法を無効化するという特性故に、攻撃手段としては最高クラスの性能だ。どんな強力な防御魔法も、この魔法の前では無力だからな。

一方で、防御に利用するには少し問題がある。

魔力零帰《ゼロリバース》は、無属性の魔力で相手の魔法に込められた属性を漂白し、魔法としての形を保てなくする魔法。つまり、実際に拳を打ち込んでから魔法を無効化するまでに、僅かながらタイムラグがあるんだ。試験での敗北は、そのタイムラグのせいで起きたと言っていいだろう。

『だから、この〝魔力固定化〟と魔力零帰《ゼロリバース》を組み合わせて、ティアナの新しい防御魔法を作る。二つの魔法を組み合わせる複合魔法となると、今のティアナにはちと荷が重いんだが……リル、お前の作る魔道具なら解決出来るな？』

「はい、もちろんっす！」

現代の魔道具は、魔力を流すことで誰でも高難度の魔法を瞬時に発動することを可能にする。

それさえあれば、ティアナにも俺が考えた新しい魔法を使いこなせるようになるはずだ。

ティアナの新魔法開発でノウハウを積めば、他にも色々と応用が利くだろうし、夢が広がるってもんだ。

『じゃあ、早速それに向けて、具体的な計画を立てるか。一度寮に戻って……っ？』

「ラル君？　どうしたの？」

背筋に冷たいものが走り思わず振り返った俺に、ティアナが心配そうに問い掛ける。

それに対して、俺は指を（ぬいぐるみだから指はないが）立てて、『しーっ』と声を潜ませた。

代わりに、思念伝達の魔法で声を出さずに二人と会話を交わす。

『今、一瞬だけど魔王の力を感じた。誰かに見られてるのかもしれない』

「っ……どういうこと？　魔王薬はもうないのに……」

『分からん。今はもう気配は消えたが……用心した方が良さそうだ』

レトナから聞いた話では、あいつ……フェルマーが残した魔王の遺物は魔王薬以外にも存在する。

魔王薬以外のそれが関わっているのか、それとも別の何かか……どちらにせよ、警戒した方が良さそうだ。

『帰るぞ、二人とも。早くしないと、教師に見付かって怒られる』

「う、うん」

「用事も済んだし、さっさと逃げるに限るっすね！」

こうして俺達は、一瞬だけ感じた不審な気配から逃げるように、秘密書庫を後にするのだった。

⑫

「やっぱり……怪しいわね。あのぬいぐるみ」

ラルフ達が寮に帰るのと時を同じくして、学長室にて一人、ニーミは呟《つぶや》いた。

秘密書庫のセキュリティは、何も侵入防止のための〝鍵〟だけではない。

もし万が一、それを突破し怪しい人物が書庫に入り込んだ時のため。まかり間違って生徒が迷い込んだ時のため。書庫の中にはニーミの造った小型ゴーレムが仕掛けられ、中の様子を常に監視している。

ニーミはそれを利用し、今回は敢えて何もしないことでラルフ達を観察していたのだ。

「時折感じる魔王の魔力……秘密書庫の鍵をあっさりと開け、魔物生成に纏わる書物の閲覧、更には実験……それに、私がわざと放った魔王の魔力にも勘付いた。これで魔族と無関係と言われた方が信じられない」

その手に握られているのは、普段愛用している聖石の杖ではない。骨と皮を繋ぎ合わせ、無理矢理杖の形に押し込めたかのようなそれは、この世の邪悪全てを煮詰めたかのような悍《おぞ》ましい〝ナニカ〟。

事実、それは本来杖になどなるはずのないものを、強引に杖としたものだった。

三百年前の魔王封印後、魔王の血同様、ただそこにあるだけで災厄を撒き散らした魔王の一

部。

魔王の骨、そして皮――それらを融合した魔王の遺物、魔王杖。

かつてラルフに師事した（ことになっている）フェルマー・ドランバルトが生み出し、管理のためにニーミへと譲渡された代物だ。

「とはいえ、思った以上に知り合いが多い。それに、ティアナ・ランドールも……本当に片時もあのぬいぐるみを手放さないし、困ったわ」

そんな危険物まで持ち出し、どうにかラルフの正体を探ろうとしているニーミだったが、どこまでが関係者で、どこからがそうでないのか未だ判断がつかない。

言動を見ている限りでは誰もが白に見えるのだが、謎のぬいぐるみが限りなく黒に近い現状、それと親しい人間全て怪しく思えてしまう。

「そもそも、誰の制御も必要とせず自力で動き回り、魔法を使い、自我すら持つ。そんなゴーレムがいてどうして誰も疑問を覚えないの……？　そんなの、私でも造れないわよ。明らかに怪しいじゃない」

なぜ誰も疑問を覚えないのか。その答えはシンプルに、ゴーレムについてニーミほど造詣が深い者はこの王国におらず、ラルフ自身やティアナの言う「このぬいぐるみはただの使い魔」という説明を否定する根拠を誰も見出せないこと。

そして何より……三百年経った今でも魔族と水面下で争い続けるニーミと違い、平和の中で幸せに暮らしてきた子供達からすれば、たかがいち子爵家の娘が堂々と持ち歩くぬいぐるみが魔族と関係のある代物ではないかという発想の方が、よほどあり得ない思考の飛躍だからである。

「どうしたものかしら……」

その認識のズレに気付くにも、現在ニーミは一人。訂正してくれる者などいない。

更に言えば、ニーミに近しい者は皆魔族の存在を身近に感じる者ばかりなので、居たとしても訂正出来るとは限らないが。

「学園長、例のぬいぐるみについて、新たな情報を集めてまいりました」

「お疲れ様。どうだった？」

その近しい者の筆頭たる副校長スプラウトが、タイミング良く――あるいは悪く――学長室に現れる。

そんな彼がもたらしたのは、恐らくこの場で最悪に類する情報だった。

「やはり、あのぬいぐるみは怪しいです。ランドール領における戦闘の経緯を調べたのですが、どうやらあのぬいぐるみ、魔王の力で生み出された魔物を、意のままに操ったとのことです」

「なんですって……？」

何一つ、間違った情報はない。

ガルフォードが生み出したゴーレムの扱いは人が作り出した使い魔だが、主人が死ぬなどして暴走を始めればそれは魔物として処理されるし、古代遺跡などでそうした野良ゴーレムと戦う冒険者など定番も定番だ。

ただ、〝生み出された魔物を操る〟というその一点に焦点を当てると、ニーミの中では全く異なる物が浮かび上がってしまう。

「魔物を操るなんて……それじゃあまるで、魔王そのものじゃないの……！」

「ええ。あのぬいぐるみ、封印されている魔王がその力を取り戻すまでの依り代として、何らかの機能を果たしている可能性があります」

「っ……‼」

ラルフが施した魔王の封印は、緩みがないかニーミが常に確認している。

しかし、相手はあの魔王。ラルフですら勝ちきれずに命を落とすような化け物だ。

もしかしたら、ニーミにも気付かれずに封印を抜け出す可能性があるかもしれない。

「周りの生徒への被害など、気にしている場合ではありません。放置しておけば、より多くの生徒や民に危害が及ぶかもしれません。学園長、ご決断を」

スプラウトの言葉に、ニーミは目を閉じてしばし考え込む。

想定し得るリスク、自分が取れる手段。それら全てを勘案し、ニーミは……。

「……分かったわ、仕掛けましょう」

ついに、決断した。

「出来る限り周囲への配慮を行いつつ、私のゴーレムで戦闘を行い、正体を暴きます。これ以上、私の学園で好き勝手はさせません」

「実技演習……？」

　俺達が秘密書庫で新たな魔法の草案を纏めてから一週間。良くも悪くも、ティアナへ向けられる視線や環境の変化に慣れ始めて来た頃、授業で教師から告げられたのはそんな言葉だった。

「はい、急な話ですが……新入生の皆さんには来週、学園近郊の森にて、魔物討伐演習をしていただきます」

「本当に急ですわね。それに、魔物討伐だなんて……新入生がやるには危険すぎるのではありませんの？」

「そこは問題ありません。森と言っても、訓練のために造られた人工林ですので。そこで、皆さんはニーミ様が訓練用に用意されたゴーレムを魔物に見立て、討伐します」

　ニーミの名に、教室内がざわめき立つ。

　あいつが授業に関わるのはよっぽど珍しいのか、生徒達だけでなく教師までもが、少しばかり戸惑いの表情を浮かべている。

「近頃、各地で魔物災害が頻発しているため、魔法使いは対応を求められることも多々あります。その予行練習として励んで欲しい、とのことですね。強さはそれほどでもありませんが、森の中での戦闘は皆さんの良い経験となるでしょう」

教師の説明に、クラスの目がまず向いたのはティアナだった。

近頃各地で、と言うが、最近発生したのがガルフォードの事件だからな。また変な注目を浴びてしまっている。

それでも、リルルに励まされたお陰か、先日よりは大分肩の力が抜けている感じがするな。良かった。

「当日は、三人一組で班を作り、一緒に行動して貰います。今日は自習にしますので、班作りと演習本番の作戦方針について各自話し合ってください。もちろん、いつでも相談には乗りますからね」

優しくそう告げる教師だが、生徒達はと言えばそれを最後まで聞くことなく、自習と言われた時点で騒ぎ始めていた。

もちろん、より優秀な奴の班に加わることで良い成績を残すためだろう。レトナやソルドの周りには、一瞬で人集《ひとだか》りが出来ている。

「レトナ様、どうか俺の班に入ってください！　そうすれば討伐数トップは間違いなしです！」

「何を言う！　レトナ様は俺達の班にこそ相応しい！」

「ソルド様、私と一緒に組んでくださいませんか？」

「ソルド様、どうか私と……！」

正直、今の貴族制度の中で学園の成績がどの程度重要なのかは分からんが、この様子を見るによっぽど将来に影響するんだろうな。

ちょっとばかり性別に偏りがある気はするが、まあそこは言わぬが花という奴か。

「ど、どうしようラル君」

『どうしようっつーか……例の魔王の件もあるから、学園側が考えてるよりも危ない気がするんだよな、これ』

ガルフォードほどヤバいこと考えてる奴なんてそういないだろうが、魔王の力を感知してまだ一週間だ。

タイミングがタイミングだけに、どうも嫌な予感がする。

『いざって時に俺が躊躇《ちゅうちょ》なく動けるよう、知り合いで固めたい。無理ならいっそ、組まずに単独行動とかな』

「ラル君のことをもう知ってるのはレトナだけど……」

『……無理そうだなぁ』

入学試験でソルドを超え、ぶっちぎりで最高の成績を収めたレトナは、もはや本人の姿が見えないほどの大人気。

これに割って入ってレトナを誘うのは、ティアナでなくとも中々勇気がいるだろう。いくらレトナと親しくて、こうなる前は一応隣に座っていたとはいえ。

「なら、ティアナ様と一緒に班を組めるのはオイラだけってことっすね！」

『まあそうなるんだが、なんでそう嬉しそうなんだ、リルルは』

「作ったばかりの魔道具がちゃんと機能するか、間近で見れるのが楽しみっす！」

『ああ、そういう』

秘密書庫の一件の後、リルルは一週間かけてティアナのための魔道具を作ってくれた。

まだ試作段階だけど、上手く行けば中々楽しいことになりそうだってのは確かだ。

「お待ちなさい、私もティアナと組みますわよ」

そんなやり取りを交わしていると、人波をかき分けてレトナがひょっこりと顔を出した。

ほんの数分前と違って、なんだか髪がところどころ寝起きみたいに撥ねてるんだが、中で一体どんな奪い合いが起こっていたんだ？

しかし、それほどの状況からティアナを誘うのは、当然ながら周囲の反感を買ったようで。

生徒達の鋭い視線がティアナを射貫く。

「レトナ様、なぜですか！　そんな田舎者より俺達の方が……！」

「それを決めるのは私ですわ。それに……もし本当にティアナよりあなた達の方が強いというなら、実際に証明してくだされぱいいでしょう？」

そうは言うが、納得いかない。そんな視線を一身に受けながら、レトナはにこりと笑みを浮かべ、更なる爆弾を投下する。

「私としても、それだけの強さを見せてくださった方は無碍《むげ》にはしませんわ。お父様も、婚約者を立てるなら最低限私が認めた方にすると言ってくださっておりますし……ね？」

ファミール家令嬢の婚約者。

突然降って湧いた単語に、集まっていた男子共はこれでもかというほど盛り上がりを見せ、血眼になってレトナ以外の班メンバーを探しに散っていく。

今回のことで本当に婚約者が決まるなどあり得ないのだが、上手く目に留まれば一気に逆玉候補に名乗りを上げられるのではないかという可能性は、彼らの正気を失わせるのに十分な効果があったらしい。

一気に騒々しさを増す教室に、どう宥《なだ》めたものかとオロオロ戸惑う教師。

そんな光景を見てやれやれと肩を竦《すく》めるレトナへと、ティアナは声をかけた。

「レトナ、いいの？　あんなこと言って……」

「いいですわよ。何一つとして確約はしておりませんし、それに……私と貴女が組んで、誰にも負けるはずがありませんでしょう？」

パチリとウインクするレトナに、ティアナは照れるように顔を赤くする。

そんな二人にリルルが「オイラもいるっすよ⁉」と割り込み、そのまま三人でワイワイと盛り上がりを見せ始めた。

「…………」

そんな少女達の姿を睨《にら》むように、人集りの中から覗くソルドの鋭い視線があったが……ティアナ達は、最後までそれに気付くことはなかった。

実技演習はいいが、やはり一番気になるのは魔王のこと。

そういうわけで、俺とティアナは放課後の時間を使い、演習場となる人工林へ足を運び、何かおかしなことがないか事前調査をすることにした。

「思ったより結構広い森だねー」

『ああ。ランドール領の魔狼の森に比べたら流石《さすが》に小さいが、王都にこんなもん造るとはな』

高魔力地帯における魔物討伐訓練のため、本職の魔導士や騎士団すら利用するというんだから、どれだけ力を入れて造られた場所かよく分かるというものだ。

「本当にここに何かあるのかな？」

『何かあるっつーか、あったら困るって言った方が正しいな。戦闘中もそうだが、立ち回りのコツは〝危険を見たら対処する〟んじゃなくて〝やられると困る可能性を先に潰す〟んだ』

いくら安全に配慮して造られた人工林だからって、一年生の生徒全員が散った状態で何かあれば、俺も守りきれない。

いきなり魔王の力をぶん回して変な奴が急襲して来たら意味のない行動だけど、事前に罠を張るタイプの敵ならこれだけで計画を崩せたりもする。

『もちろん、そもそも敵なんかいなくて、俺の勘違いであることが一番なんだがな』

俺が感じた魔王の力はほんの一瞬だ。何か起きるかもしれないっていうのも、ほとんど勘みたいなもので根拠はない。今回の事前調査にレトナやリルルを連れてこなかったのも、徒労に終わる可能性が低くないと思ったからだ。

そういう意味では、嫌でも付き合わせることになったティアナには申し訳ないと思ってたんだが……俺の話を聞いて、なぜかティアナはくすりと微笑んだ。

「やっぱり、ラル君は優しいね」

『あん？　何が？』

「クラスのみんなを、守ろうとしてくれてるんでしょ？　ラル君には、貴族の義務も何もないのに」

『いや、別にそういうわけじゃなくてだな。だから、その、あれだ、えーっと……』

「えへへ、照れてるラル君も可愛い！」

『むぐぅ』

上手い言い訳が思い付かず言葉を濁す俺を、ティアナが思い切り抱き締める。

だからな、別に守ろうとなんてしてないっての、俺としてはティアナをバカにするあんな連中嫌いだしよ。ただ、ティアナは優しいからあんな奴らでも傷付いたら悲しむかなって思っただけでな？

なんて言ってたら、まるで聞き分けのない子を見守るような温かな目をティアナに向けられた。ぐぬぬ。

「おい新入り、そいつの配置が終わったらすぐ次があるからな、早く戻って来いよ」

「ふっ、心得た！」

「返事は〝はい〟だって言ってんだろ新入り！」

「はい!!」

『ん……？』

ティアナと話し込んでいると、ふと森の奥から話し声が聞こえてきた。

近付いてみると、ベリアルが何やら大きな人型の像を荷車から降ろそうとしているところだった。

「くそぅ、先輩め、人が落ちぶれ貴族だからとこき使いやがって……あっという間に終わらせて、あいつの度肝を抜いてやる!!」

『いや、別に身分は関係ないと思うが』

「うおっ、ティアナ・ランドール!?　いつの間に!?」

俺が話し掛けると、相変わらず俺のことをティアナの操るゴーレムの一種だと思っているベリアルが大袈裟なくらい驚きながら叫ぶ。

驚きすぎて、降ろそうとしていた像がベリアルの上に落下しそうになったので、軽く魔法で支えてやった。危ないな、おい。

「ふう、助かった……礼を言うぞ、ティアナ・ランドール」

「いえ、私は何も……それと、フルネームは長いでしょうから、ティアナでいいですよ？」

「そういうわけにもいかん。俺は一応、今はお前の家臣なのだからな」

『だったら、敬称はつけなくていいのか？　家臣なら大体つけるもんだと思うが』

「………‼」

そういえばそうだった、みたいな顔で驚愕するベリアルに、俺は思わず天を仰ぐ。

うーん、相変わらずアホだな、こいつ。大分丸くはなったんだが。

「それより、ベリアルさんは何してるの？」

「ああ、来週は急遽《きゅうきょ》この森で実技演習をすることになったと聞いて、授業で使うゴーレムを運び込んでいるんだ。何十体といるから、大変だよ」

やれやれと、肩を回しながら嘆くベリアル。

ゴーレムを主人が魔法で動かして配置すれば楽なんだろうが、それも出来ないほどニーミも忙しいのかね？　荷車を魔法で補助しながら運んで来たみたいだが、それでも結構な重量だぞ。

「しかし、それだけ大変だからこそ、余計に信じられない思いもある。本当にニーミ様は一人でこれだけのゴーレムを操れるのかとね」

『まあ、かなりの量だしな。とはいえ、このゴーレムがニーミの物なのは間違いないし、出来るんだろ』

「どうして分かるの、ラル君？」

『そりゃあ、このゴーレムの中で精霊が休眠してるからだよ。意識して見ないと気付けないけどな』

精霊とは、大気中に漂う魔力が自然と集まり、自我とも呼べない微弱な意思を宿した存在のことだ。

生殖能力もなく、その大半はしばらく漂って勝手に消えていくだけの存在だが……エルフはこの精霊と交信し、魔力を与えることで魔法を代理発動して貰う精霊魔法を得意とする。

その応用範囲は凄まじく、並の人間では精霊の感知そのものが不可能なこともあって、休眠状態にした精霊を罠として利用されると、もはや手が付けられない脅威だ。

ニーミはこの特性を利用し、精霊を宿したゴーレムを遠隔操作する魔法を好んでいたんだが、やり口は昔と変わらないな。

『ん……？』

「ラル君？　どうかした？」

『いや、ゴーレムの中に何か変なものが……』

そんな風に懐かしく思いながらゴーレムを観察していると、休眠状態の精霊の側に不自然な魔力を感じ取った。

これは……まさか……。

『ティアナ、解析をかける。魔力をくれ』

「うん、分かった！」

『行くぞ……《解析《アナライズ》》!!』

ゴーレムに手を添え、ティアナから貰った魔力で解析魔法をかけてみる。

するとやはり、そこにはニーミのものとは明らかに違う、異質な魔法が仕込まれていた。

『こいつは……対精霊用の幻惑魔法だな。上手く隠されてるけど、このゴーレムを起動させるために精霊が目覚めた瞬間、その精霊を狂わせて暴走させる魔法だ』

「ええ⁉　なんでそんなものが……」

「お、俺じゃないぞ⁉　俺は何も知らない‼」

俺の言葉に、ベリアルが露骨なまでに慌て出す。

多分、ガルフォードの件もあって自分が疑われるのかもしれないと思ったんだろうが……その反応は却《かえ》って怪しまれるから、止めた方がいいぞ？

『心配すんな、これがベリアルの仕業じゃないことくらい一目で分かる。お前が仕込んだにしては、この魔法はレベルが高過ぎるからな』

「う、疑われないのは助かるが、それはそれで悲しいぞ……」

「ご、ごめんなさい！　ラル君、ダメでしょ、もっと言い方を考えなきゃ！　ベリアルさんはちょっと魔法が苦手なだけだよ！」

「一番才能があると言われたのが魔法なんだが⁉」

ティアナの鋭すぎるトドメの一撃に、すっかり消沈してしまったベリアル。うーん、哀れ。

しかし、いちいち慰めるのも面倒だから放置でいいだろう。ベリアルだし。

『そんなことよりティアナ、この魔法を解除したいから力を貸してくれ。ニーミの今の実力なら、この魔法一つで制御を失うようなことはないと思うが……残しておいて良いことなんて一つもないからな』

「任せて、魔法の無効化なら私も出来るし！」

ぐっと拳を握り締めるティアナだったが、流石にそのまま殴られてはゴーレムごと粉砕しかねないので、俺も手伝う。

ティアナの発動した《魔力零帰《ゼロリバース》》の出力を俺の方で絞り、照準を謎の幻惑魔法へと定める。

精霊に悪影響が出ないよう、慎重に狙い放たれた一撃は、見事に謎の魔法を打ち砕いた。

『ふう、これでよし』

「ラル君、お疲れ様！」

『ティアナもな……って言いたいけど、今回運び込まれたゴーレムはまだたくさんあるみたいだし、もうひと踏ん張り頼むな。ベリアルも』

そんな俺の言葉で、自分が頼られていると感じたからか、未だに落ち込んでいたベリアルは途端に元気を取り戻し、思い切り胸を張って答える。

「任せろ!!　この森にゴーレムを運び込んだのは俺だからな、まだ運ぶ途中だった物も含めて、全ての場所に案内してやる！」

『おう、頼むぞ』

そんなわけで、ベリアルに先導されて森の中を歩き回り、それぞれのゴーレムを調べていく。

すると案の定、ほとんどのゴーレムには同様の魔法が仕込まれていて、場合によっては授業の最中に大量のゴーレムが一斉に暴れだす大惨事になるところだった。

予想を超えた事態に、ティアナのみならずベリアルまでも、険しい表情でその結果を受け止めている。

「ラル君、これ……今回は、私達が狙われてるのかな……？」

『さてな……王都の防衛はほとんどニーミが担ってるって話だし、この件を問題にして失脚させようとでもしてるのかもしれない。いずれにせよ……流石に、今回は情報がなさすぎるな』

ガルフォードの件は、ティアナが当事者だからまだ調べようもあった。

けど、今回は本当に突然の異変に巻き込まれているような形だから、調べるにしたってどこから手を付ければいいのか検討もつかない。悔しいが、完全に後手に回ってる。

『ひとまず、このことを報告して危険を知らせるしかないな。こういう時は何か起きても大丈夫なように、しっかり守りを固めるしかない』

「なら、俺の方でも先輩に話は通しておこう。……信じて貰えるかは分からないが」

俺の提案に、ベリアルは消極的な賛同を示す。

……確かに、こうなってくると立場のある人間と繋がりがないのは辛いな。ニーミに事情を話せればいいんだが……俺達も、教師を通して警告するしかないか。

『じゃあ、頼んだぞベリアル。ティアナ、俺達も行こう』

「うん！　ベリアルさん、気を付けてくださいね」

「ああ、俺が心配するまでもないかもしれないが、ティアナ……様も、気を付けるんだぞ」

そう言って去っていくベリアルを見送り、俺達も教師のところへ行こうと歩き出す。

しかし不意に、そんな俺達の近くで草木を踏みしめる音が響いた。

「っ、誰⁉」

ティアナが警戒し、構えを取る。

その声に応えるように、気配の主はすぐに姿を現した。

「俺だ、ティアナ・ランドール」

「ソルド様……」

思わぬ人物の登場に、ティアナは目を丸くする。

そんなティアナに、ソルドは「ふん」と鼻を鳴らす。

「見ていたぞ。用務員を抱き込んで、ニーミ様謹製のゴーレムに細工をして……そうまでして勝ちたいのか？」

「ち、違います！　私はただ、ゴーレムにかけられていた変な魔法を解除していただけです！」

「はっ、どうだかな」

確かに、端から見ればそういう風に取られても仕方ないことではあったんだが、言い方が言い方だけにカチンと来るな。

そんなソルドだったが、不意にその表情を苦渋の色に染め上げた。

「……どんな手を使おうと、今度は負けんぞ。ファミールにも……貴様にもな‼」

「……？　今度も何も、ソルド様は私にもう勝って……」

「あんなものが勝利と言えるか!!」

突如激昂するソルドに、ティアナはただただ戸惑うばかり。

そんなティアナの反応が気に入らなかったのか、ソルドは益々柳眉を逆立てる。

「そうやって、いつも貴様は周りに対してヘラヘラヘラヘラと媚《こび》を売って……貴様も貴族なら、少しくらいは己に誇りを持ったらどうだ!? 貴族は周りに寄りかかる存在ではない、周りを引っ張り導く力を持つ存在だ!! そんな軟弱な態度でラルフ・ボルドーのように強くなるだと？ 笑わせるな!! 魔導の道は、仲良しこよしで極められるほど生易しいものではない!!」

「わ、私は別に媚《こ》びてなんか……！ それに、魔法使いになるのが簡単だなんて思ってません、私はただ、みんなと少しでも仲良くなりたくて……ソルド様とも……!!」

「黙れ!! その考え方が、既に軟弱だと言ってるんだ!!」

ソルドの激しい剣幕に、ティアナは押し黙る。

単にティアナが気に入らないというには、あまりにも余裕がなさ過ぎるその姿に、俺も怒りや苛立ちよりも困惑の感情が先立つ。

一体どうしたんだ？ こいつ……。

「貴族は国を守るべき存在、誰よりも強くなくてはならない存在なんだ……それなのに、どいつもこいつも、自分の弱さに見向きもしないで、ただただ誰かに媚びて見せかけの権力に縋《すが》るばかりで……俺はそんな連中とは違う、貴様とは違うんだ。それなのに、どうして……!!」

「ソルド様、大丈夫ですか……？」

あまりにも弱々しい声で頭を押さえるソルドの様子を見て、ティアナが心配そうに手を伸ばす。

しかし、そんな優しさから差し伸べられた小さな手を、ソルドは思い切り叩き落とした。

「そんな余裕の態度でいられるのも今のうちだ。二度とそのふざけたにやけ面が出来ないようにしてやる……!!　覚えていろ!!」

もはや執念にも似た何かを感じさせながら、ソルドは踵《きびす》を返す。

そんな彼に向けて、ティアナは必死に声を上げた。

「あの!!　……ソルド様が、私のことを嫌いなのは分かりました。理由は分かりませんけど……でも、一つだけ、聞いてもいいですか?」

「……なんだ」

話を聞く気はあったのか、ソルドが振り返る。

そこへ、ティアナは思わぬ疑問を投げ掛けた。

「この森には、何をしに来たんですか?　その……私に用があったわけではないですよね?」

「当たり前だろう?　俺は……」

口を開きかけたソルドは、しかし続く言葉を発さない。

まるで自分で自分が分からないかのように瞳を揺らし、やがてそんな苛立ちをぶつけるように叫ぶ。

「お前には関係のないことだ!!　放っておけ!!」

「あ……」

走り去っていくソルドの背を見送りながら、ティアナは悲しげにそう呟《つぶや》く。

夕暮れ時の人工林は、そんなティアナを慰めるように静かな梢の音を鳴らしていた。

⑮

「やれやれ……困ったことになったわね」

王都の外れにある廃教会。先の潜伏場所がオルガには小さすぎるという理由で移動したその場所にて、アクィラは指の爪を噛み締めながら呟《つぶや》いた。

それを受けて、オルガは何事だと問い掛ける。

「どうした、ニーミ・アストレアに動きでもあったのか?」

「そちらは順調ね、ついにラルフ・ボルドーの転生体に仕掛ける決心がついたみたい。魔王薬の力で生み出されたゴーレムを意のままに操ってみせた、という情報が効いたわね」

「ならば、何が問題なのだ?」

「そのラルフ・ボルドーと、今の飼い主であるティアナ・ランドール。そいつらに、私の仕込みを見破られたわ。一部、魔法を解除されたの」

「なに……!?」

予想外の事態に、オルガは思わず立ち上がる。

アクィラの魔法の隠密性は完璧だ。それこそ、こうして王都に居座りながらも未だにニーミに捕捉されずに済んでいるのも、アクィラの力によるところが大きい。

そんな彼女の魔法が見破られ、ましてや解除された。その事実がもたらす衝撃は計り知れなかった。

「腐っても大賢者というところかしら？　飼い主の方も妙に勘が鋭いところがあるし、モタモタしているとニーミに情報が回ってしまうかもしれない」

今のところは大丈夫だけど、と言いながらも、アクィラ自身少しその表情に焦りの色が見受けられる。

いつも大抵のことは笑い飛ばし、飄々《ひょうひょう》とした態度を崩さない彼女が見せる珍しい顔に、オルガは即座に決意を固めた。

「準備はまだ万全ではないのだな？」

「ええ。主だった連中に仕込みは終わったけれど、末端はまだよ」

「なら、少しばかり計画に修正を加えつつ……ニーミ・アストレアがラルフ・ボルドーと争う隙を突いて、仕掛けよう」

ハッキリと行動開始を宣言したオルガに、アクィラもまた「それしかないわね」と溜息を溢《こぼ》す。

これから挑むは、王国最強。決して油断出来る相手ではないのだから、備えはどれだけしてもし過ぎるということはないと考えていたが……物事は、そう思い通りに行かないものだ。

「予定通り、私はニーミ・アストレアに仕掛けるわ。オルガ、貴方は先にラルフ・ボルドーの方を頼むわね」

「ああ。何かと邪魔立てしてくれたんだ、その礼をたっぷりしてやろう。すぐに片付けてそちらの援護に向かう」

「こちらも上手く事が運べば、一人で十分に勝ち目はあるわ。安心して」

虚勢でもなんでもなく、ごく当たり前の事実を告げるようにアクィラは言う。

今回の作戦は、魔王復活のための第一段階。魔族達が永年追い求めてきた悲願達成に向けた第一歩だ。失敗は許されないが、だからこそ入念に準備してきた。

多少完璧でないからと揺らぐほど、甘い執念ではここにいない。

「さあ、行きましょう。全ては魔王様のために」

⑯

森でゴーレムに仕込まれた不審な魔法について教師に報告し、授業の中止を訴えたティアナだったが……その結果は芳しくなかった。

どうも、ニーミですら気付かない魔法に、いち生徒でしかないティアナが気付けるはずがないって思われてるみたいだな。一応ニーミには報告してみるが、恐らくただのイタズラとして処理されるだろうとのこと。

うーむ、不審な魔法はもう片っ端から解除しちまったからな……一つ二つ、証拠品として残しておくべきだったな。失敗だ。

「それで、先生も授業に参加するということにしたんですのね」

『ああ。あれが本当に単なるイタズラならいいんだが、どう考えてもそのレベルじゃないからな。さっさと授業を終わらせて、生徒の安全を確保したい』

そんなわけで、こっちはこっちで出来る限りの準備を整え、授業当日を迎えた今。同じ班のレトナへ、俺がゴーレム討伐に手を出すことを伝えている。

リルルにはまだ俺の正体について話してないから、「使い魔なら手を出して当たり前じゃないんすか？」なんて首を傾げてるが。

「まあ、オイラは作った魔道具を試せるならそれでいいっす！　何が出てくるか知らないっすけど、ドンドン来いっす！」

「ティアナのブレスレットと、貴女のその……魔法銃、でしたか？　禁書にまで手を出して作り上げた代物がどれほどのものか、楽しみにさせて貰いますわね」

朝からテンションの高いリルルの手、そしてティアナの手首には、それぞれリルルが作った新しい魔道具がある。

昨日もこれの最終調整のために徹夜したみたいなんだが、その割りには相変わらず元気そうだな。新しい魔道具への期待が、眠気を上回ってんのか。

こう言ったらなんだが、分かるぞ、その気持ち。

「さて、それでは皆さん揃いましたね。改めて、今回の授業について説明させて貰いますよ」

話し込んでいる俺達へ、フェルミアナ先生が手を叩きながら注意を集める。

そうして行われた説明を要約すると……。
・ゴーレムの詳細な数は不明。ニーミが操っているが、手加減はしてくれる。
・比較的脆《もろ》い土素材で作られたゴーレムのため、魔法ないし物理攻撃で一定のダメージを与えればすぐ行動不能になる。頭部には常に魔力の輝きが灯っているので、それが消えたら撃破判定。
・他の班員を攻撃するのは禁止。ゴーレムの撃破は早い者勝ちだが、授業内容としての評価は撃破数ではなく戦闘内容で行うので、他の班が狙うゴーレムの横取りばかりするのはオススメしない。
こんなところか。授業終了後、ゴーレム越しに観察していたニーミから班ごとに評価点をつけられるので、しっかり励むようにとのことだ。

「それでは、五分後に私が開始の合図として上空に魔法を放つので、それを見たらそれぞれ行動を開始してくださいね」

教師の指示に従い、三々五々散っていく生徒達。

その中から、例によってソルドがティアナを鬼の形相で睨《にら》んできたが、本当になんであんなに目の敵にされてるんだろうな？

「……なんというか、貴女も大変ですわね、ティアナ」

「あはは……」

曖昧に笑いながら、森の奥へと進む。

やがて授業が始まったのか、上空に炎の魔法が打ち上げられたのを見て、俺達は行動を開始した。

「それでは予定通り、ティアナは前衛、リルルは後ろから援護を頼みますわ。私は適宜お二人のサポートをしつつ、攻撃魔法を放ちますので」

『じゃあ、俺は索敵の方をやっておくな』

不安があるので手を出すことにしたが、だからと言って開幕から全力で魔法の雨を降らせていたら、目立つどころの騒ぎじゃない。

情報が全くない今、過剰に反応し過ぎて〝敵〟により慎重になられても困るから、まずは様子見からだ。

それで何事も起こらなければ、それが一番良いしな。

『《魔力感知《マナサーチ》》』

そんなわけで、魔法による探索を森全体に対して行う。

ふむ、ゴーレムの数は百。先週確認したところから特に増減はしてないな。

あの後何もなかったなら、特に問題はないと思いたいが……油断はよくないな。

リルルにはもしもの時のための〝切り札〟も魔道具として渡してあるが、警戒は続けよう。

『右前方二時の方向。距離百、ゴーレム二体。ティアナ、やってやれ』

「うん、行くよ、新魔法！」

ティアナが俺の指示を受け、地面を蹴って前へ飛び出す。

身体強化の恩恵を受け、不安定な足場を物ともせず突き進んだティアナは、右手首のブレスレットに左手を添え、魔力を込める。

「《魔力物資《マナマテリアル》》、《熊の手《ベアハンド》》!!」

ティアナの魔力をトリガーとして起動した魔道具が、その魔力を物質として組み上げる。

ティアナ自身のイメージに合わせて形となったそれは、少女の腕を白銀の熊のそれへと変貌させた。

「やあぁぁぁ!!」

人型の土ゴーレムが、ティアナの接近に気付き土塊の腕を振り上げる。

ティアナの倍近い背丈から繰り出される一撃は、まだ幼い少女の体などひと捻りで押し潰してしまいそうな迫力を持ち――それに対して、ティアナは真っ向から熊の拳《ベアハンド》を叩き込んだ。

「パーーンチ!!」

派手な破砕音を轟《とどろ》かせ、土ゴーレムの腕どころか半身が丸ごと吹き飛ぶ。

一応言っておくと、《魔力物質《マナマテリアル》》は高濃度に圧縮されたティアナの魔力を物質化して纏うことで、魔法や物理攻撃に対する強固な〝鎧〟として機能させることを目的とした魔法だ。それ自体に攻撃能力は一切ない。

ところが、ティアナはこの魔法で体を保護することにより、これまで攻撃の反動で自らがダ

メージを負ってしまうからと無意識にかけていたリミッターを解き放ち、より強力な身体強化を施せるようになってしまったのだ。

当然、強力になった分、身体強化の魔力燃費は悪化し、その上新魔法の《魔力物質《マナマテリアル》》もまた、当初の想定を遥かに上回る魔力量を必要とする魔法と化してしまったので……ぶっちゃけ、この戦法はティアナにしか無理だ。何なら全盛期の俺だってやれない。

それを涼しい顔でこなす辺り、末恐ろしい子だよ、本当に。

……なんで普通の小手とかじゃなく、さりとてやたらと拘っていたゴブリンでもなく、熊がモチーフなのかと問えば、「ラル君とお揃いで可愛いから」らしい。

喜べばいいのだろうか、これは。

「よし、まず一体！」

『もう一体いるからな、気を付けろ』

「うん、分かってる！　《熊の足《ベアフット》》！」

二体目のゴーレムが迫るのを見るや、ティアナの魔力が足に集まり、腕と同じく熊の形を取る。

その瞬間、地面が爆発したかのような音を立てて吹き飛び、ティアナの体はゴーレムから一瞬で離れていく。

速すぎて、俺がティアナの肩に張り付くのにも一苦労だ。ぶっちゃけこんなに速くなくても訓練用ゴーレムの攻撃なんて余裕で避けられるんだが、そこは練習のつもりなんだろうな。

「よーし、それじゃあ次はオイラが行くっすよ！」

そんなティアナと入れ替わりに、リルルが魔法銃を構える。

微量な魔力を流し込みながらトリガーを引き、起動と同時に中に装填された一発使い捨ての魔石が融解する。

「《発射《シュート》》ぉ!!」

解き放たれたのは、ティアナと同じ——というより、ティアナの魔力を凝縮した白銀の魔法。

魔法を弾丸として撃ち出す、リルルが求めていた魔道具の完成品だ。

その力で撃ち出された《魔力零帰《ゼロリバース》》の弾丸は、間違いなくゴーレムを捉えたのだが……少し動きを鈍らせただけで、撃破判定の光は灯ったままだった。

「あれ？」

「ダメじゃありませんの。《火炎散弾《フレアショット》》！」

おかしいな、と疑問符を頭に浮かべるリルルに代わり、レトナの放った魔法が動きの鈍いゴーレムへと炸裂《さくれつ》する。

ド派手な爆炎を噴き上げてゴーレムを粉々にしたレトナを見て、リルルは瞳を輝かせる。

「おお〜、ティアナ様もすごかったっすけど、やっぱりレトナ様もすごいっすね！ その魔法、オイラにくれないっすか⁉」

「くれないかと言われましても……先生から聞いてますわよ？ その魔法を弾丸に変える技術、作成時の魔力消費が大きいのでしょう？ 私はティアナほど魔力バカではありませんので、無理ですわ」

「むう、私バカじゃないもん！」

ぷんすかと頬を膨らませるティアナの文句を、レトナは「事実を言ったまでですわ」と聞き流す。

代わりに、「それはそうと」と再びリルルへ目を向けた。

「貴女の魔道具、ゴーレムを倒せませんでしたが……未完成ですの？」

『いや、完成はしてるぞ。ただ、ティアナの魔法は特殊だからな、物質化した後でただ解放しただけじゃ、本来の効果が発揮出来ないのかもしれない』

多少は効果あったみたいだけどな、と俺は魔法を解いたティアナに抱き直されながら呟く。

昨夜実験した限りでは、俺がティアナの魔力を借りて作った普通の炎魔法の弾丸は問題なく効果を発揮してたしな。

ただ、それも多少は威力が落ちていたし、そう都合良くはいかないってことだ。

「ぐぬぬ、オイラの理想の魔道具にはまだまだ遠いってことっすね。いいっす、今回の授業で更にデータを集めて、終わったら改良しまくるっすよ！」

『お前は改良の前に寝ろ。子供は寝ないと大きくなれんぞ』

この中で誰よりも寝て誰よりも食ってるはずのティアナが一番小さいから、あんまり説得力ないけどな。

「それでラル君、みんなの様子はどう？　何も問題ない？」

『ああ、今のところ何も起こってない。いくつかの班がゴーレムと戦闘して、ソルド達の班が一体撃破したくらいだな』

結構な数のゴーレムが配置されてるが、この分だと半分以上は余りそうだ。

そんな俺の説明を聞いて、少しだけほっと息を吐くティアナ。

……クラスの連中のティアナに対する態度は、お世辞にも良いとは言えなかったんだが、それでもティアナはあいつらのことが心配なんだな。

ちょっと良い子過ぎて、ティアナの方こそ心配になるくらいだけど、これがティアナの長所なんだろう。なんかあった時は、俺が守ってやらないと。

「それでは予定通り、先生の案内でゴーレムを撃破していきましょう。リルルさんはティアナの魔法以外を使ってくださいな」

「はいっす！」

初戦で感覚を掴んでからは早かった。

ティアナが突っ込み、リルルが魔法を放ち、レトナが援護と詰めを担当する。

俺の索敵もあってスムーズにゴーレムを捕捉しつつ、順調に撃破は進んでいき——俺の考えすぎだったかと、少しだけ気が緩み始めた頃。ついに異常事態が起きた。

『なに⁉』

「ラル君、どうしたの⁉」

『俺の探知魔法が無効化された‼』

突然、俺の魔法が解像度を失い、森の状況を掴めなくなってしまったのだ。

この魔法は魔力を薄く伸ばし、それに反応したものを感じとるという特性上、知っていれば妨害《ジャミング》もしやすい魔法ではある。

しかし、その気配も前兆も感じさせずにやるなんて、かなりの凄腕だぞ。

『気を付けろ、三人とも』

警告を飛ばしつつ、俺自身も周囲の様子を窺う。

すると、既に撃破し意識外に置かれていた土ゴーレムが突然立ち上がった。

「なっ、なんですの⁉」

驚愕の声を上げ、無防備な状態を晒してしまうレトナだったが、土ゴーレムはそれを無視。真っ直ぐにティアナの方へと向かってきた。

「っ……⁉」

先ほどまでとは比べ物にならない速度で振り上げられた拳が、勢い良くティアナへ迫る。

瞬時に身体強化と足の獣化を行い、その場から急速離脱するティアナ。

しかしその直後、俺はそれこそがこの土ゴーレムの狙いだったのだと理解しハッとなる。

『ティアナ、全身防御‼』

「えっ、わ、分かった‼　《熊の鎧《ベアアーマー》》‼」

ティアナが再び《魔力物質《マナマテリアル》》を使用し、その全身を白銀の毛で覆い尽くす。まるで熊の着ぐるみでも着込んでいるかのような状態だが、これでも鉄の鎧よりはずっと強固だ。

その魔法が完成するのとほぼ同時、ティアナの足下に突如として魔法陣が出現、守りを固めたティアナを捉えてしまう。

「ラル君、これって……!?」

『転移魔法だ!!　解除は間に合わねえ、くそっ……レトナ!!　リルルと一緒に森を出ろ、誰かと合流して身を守れ!!』

「こ、心得ましたわ！」

目まぐるしく変わる状況の中、レトナの了承の声を聞きながら、俺はティアナと一緒に別の場所へと空間ごと飛ばされてしまう。

かつて空間魔法を得意としていた身で、空間系の罠に嵌《は》まるなんて間抜け過ぎて死にたいくらいだが、今は俺の生き死によりティアナの身の安全が大事だ。

「ラル君、ここ……森の中で、変わってない、よね？」

『ああ。でも、ガッツリ周囲が結界で覆われてる。俺達を何がなんでも逃がさない気だな』

結界なら、ティアナの魔法で簡単に壊せる。

でも、敵の目的が分からない以上、慌てて行動を起こして隙を晒すのは下策だろう。

果たして次はどんな動きがあるのかと警戒していると、再び目の前に転移魔法陣が出現。中から現れたのは……鋼鉄の鎧を身に纏う、騎士型のゴーレムだった。

『……聞こえていますか、ティアナ・ランドールさん』

「その声……まさか、ニーミ様!?」

明らかな敵対者の姿に構えを取るティアナだったが、そこから飛び出した声にぎょっと目を見開く。

正直、俺自身も予想外過ぎてどう反応したらいいか分からない。えっ、なんでニーミが？

『あまり時間もかけられないから、単刀直入に言います。貴女の所有しているそのぬいぐるみを、こちらに引き渡してください』

「っ……どうしてですか？」

ニーミの要求を聞いて、ティアナの俺を抱く力が一段と強くなる。

声に出さずとも拒否の意思を滲《にじ》ませるティアナに、ニーミは淡々と思わぬ言葉を口にした。

『そのぬいぐるみが、魔王の依り代になっている可能性が高いからです。事と次第によっては、迅速に処分しなければ王国の存続に関わります』

『はあ⁉　魔王⁉』

あまりにも予想外過ぎて、ティアナの代わりに俺が反応してしまった。

ニーミに不審物扱いされてるだろうなとは思ってたけど、まさか魔王だと思われてたなんて……。

『ゴーレム越しとはいえ、こうして目の前で改めて探るとよく分かるわね。やはりそのぬいぐるみからは、僅かに魔王の魔力を感じます』

『いや、それはだな……話すと長くなるんだが、ガルフォードの件で魔王薬の力を取り込んで……とにかく、俺は魔王じゃねえ‼』

『ならば、なんだと？　言っておきますが、精霊だの使い魔だのという言い逃れは通じませんよ』

精霊と心を通わせ、ゴーレムを操るニーミ相手に半端な誤魔化しは通用しない。

俺がビビってたせいで、なんとも締まらないタイミングになっちまったけど……もうこの場で正体を明かすしかないか。

『……俺は、ラルフ・ボルドーの転生体だよ。お前の師匠、ロクでなしの大賢者だ』

渋々告げる俺に、ニーミ（のゴーレム）はピタリと挙動を停止させる。

どうしたのかと思っていると、やがてゴーレムは小刻みに震えだし……思い切り、笑い出した。

『あははは！　よりによって師匠の転生体なんて……もう少しマシな嘘をつきなさいよ』

『いや、嘘じゃないって！　俺は本当に――！』

『黙りなさい!!』

ゴーレムの体から、途方もない魔力が一気に噴き上がる。

怒りと、これ以上に大きな悲しみの感情を湛えた魔力に、俺はそれ以上何も言えなくなった。

『師匠はもう、死んだのよ……三百年も前に、私を置いて……!!　それが、今更戻ってくるなんて……そんな都合の良い話、あるわけないでしょう!!』

『ニーミ……』

……俺はバカだ。

ニーミに焼かれるんじゃないかなんてビビって、正体隠して様子見して……ニーミがこの三百年、どんな想いで生きてきて、どんな想いで俺の誇張塗《まみ》れの伝説を語り継いで来たのか、ちっとも考えようとしなかった。

たとえ焼かれるかもしれなくても、腹を決めてさっさと話をしに行くべきだったんだ。それが俺の、師匠としての役目だったはずなのに……俺は……！

『それでも師匠だと言い張るなら、証拠を見せなさい。私の師匠なら……最強の大賢者なら、これくらいのゴーレム破壊出来るでしょう⁉』

鋼鉄のゴーレムが剣を構え、俺に相対する。

……やるしかない、か。

『ティアナ、すまん……俺のミスで巻き込んじまった。ついでで悪いんだが、力を貸してくれるか？　今の俺じゃ、一人でニーミのゴーレムに対抗出来そうにない』

「ううん、いいよ。それにね、私……ちょっと嬉しいんだ」

『嬉しい？　何が？』

「だって……ニーミ様、やっぱりラル君のこと大好きだったんだなって、分かったから」

えへへ、と、ニーミの威圧的な魔力をその身に浴びながら、全く動じることなく笑うティアナに、俺も釣られて笑みが溢《こぼ》れる。

ティアナは本当に強い子だな。俺も、後悔ばっかかでウジウジしてないで、この子を見習って前向きに行くか！

『ティアナさん。今の私に手加減出来る余裕はありませんし、貴女には出来れば下がっていて欲しいんですが』

「嫌です！　ニーミ様はラル君の弟子かもしれないですけど、私だって今はラル君の相棒なんです！　ニーミ様にラル君のことを信じて貰うために、私も戦います！」

『……後悔しますよ』

次の瞬間、ニーミのゴーレムが地面を踏み締め、俺達の方へと突っ込んで来た。

鋼鉄の体とは思えない機敏な動きは、そのまま体当たりするだけで城の城壁すらぶち破りそうなほどの破壊力を秘めている。

「《魔力物質《マナマテリアル》》……《熊鎧《ベアアーマー》》!!」

それに対して、ティアナは再び全身を熊の着ぐるみ染みた魔力で包み込む。

ティアナの圧倒的な魔力量を活かし、ガッチリと固めた魔力の鎧。それに加えて、今回は更に俺の魔法も上乗せする。

『《次元障壁《ディメンジョンガード》》!!』

ティアナの正面に空間の壁を生成、盾としてニーミの攻撃を受け止める。

しかし、それだけではまだ不十分だった。

『甘いですよ』

鋼鉄のゴーレムが剣を構え、魔力を纏わせる。

そこに付随する属性は――〝時〟。

空間属性に並ぶ、時間を操る強力無比なその力が、俺の盾を切り裂いてティアナを襲う。

「んっ!!」

ズガァン!! と衝撃で地面が爆《は》ぜる音を轟かせ、ティアナが交差した腕と鋼鉄の剣がぶつかり合う。

けれどもティアナは、そんな一撃を見事に防ぎきってみせた。

これには、ニーミからも少し驚いた気配が伝わって来る。

『……死なない程度に加減したとはいえ、今ので無傷ですか。ティアナさん、やりますね』

「当然だよ、ラル君にいっぱい強くして貰ったから!!」

剣を弾き飛ばし、懐に飛び込んだティアナが拳を振るう。

しかし、その動きは途中で不自然に停止し、その隙に体勢を立て直したゴーレムの剣がティアナを襲った。

「きゃあ!?」

『ティアナ! くっ、《火球《ファイアボール》》!!』

弾き飛ばされたティアナの隙を埋めるため、炎魔法を連打する。

次々と着弾する紅蓮《ぐれん》の炎が大気を焦がし、人工林の木々が吹き飛んでいく。

そんな中で、ゴーレムだけは無傷のまま、既に炎の影響範囲から逃れていた。

『やっぱ厄介だな……ニーミの時属性魔法は』

ニーミの代名詞は人形魔法によるゴーレムの操作だが、それを支えるのが時属性の魔法だ。

この力によって自身や周囲の時間の流れを操作することで、数多《あまた》のゴーレムにそれぞれ指示を出す余裕を作り出したり……こうして、超重量を誇る鋼鉄のゴーレムでの高速戦闘を可能にしている。

直接的な攻撃力はなく、効果も限定的ながら、使いこなせばこれほど厄介な力もない。

『もう終わりかしら？　私も、出来れば生徒と戦いたくはないの。素直にそのぬいぐるみを渡してくれないかしら？』

「っ……まだまだ！」

ティアナが立ち上がり、一切衰えることのない闘志を瞳の奥に燃え上がらせる。

とはいえ、まだニーミは本気にもなってないのにこの有様だ、ちょっと気合い入れないと、とても俺のことを信じて貰えそうにないな。

『ティアナ、俺にちょっとばかり作戦があるんだ。びっくり箱程度のもんだけど、付き合ってくれるか？』

「うん、ラル君のお願いならなんでも聞くよ！」

嬉しいことを言ってくれるティアナに微笑み返しながら、肩に掴まって耳元で簡潔に作戦を伝える。

それが終わると、ティアナはなるほどと手を叩いた。

『やれるか？』

「うん、任せて！」

『よし、良い返事だ。《火球《ファイアボール》》!!』

ティアナが頷くと同時、俺は再び炎の下級魔法を連射する。

先ほどより多く、視界を埋め尽くす勢いで放たれたそれを、ニーミのゴーレムは尚《なお》も器用に回避していく。

「やあぁぁぁぁぁ!!」

その隙を突いて、ティアナが突撃。

拳を振り上げるその姿に、ニーミは小さく溜息を溢す。

『そう何度も懐に飛び込ませませんよ』

「っ!!」

俺の放った火球を躱《かわ》しながら、鋼鉄の剣を振り回してティアナに対する牽制を行う。

目まぐるしく振り回される剣によって大気が唸り声を上げ、ティアナの背筋に冷や汗が流れる。

ギリギリの攻防、そこへ緩急をつけるように、ニーミの時魔法が捩じ込まれた。

「あ……」

『貴女はよく戦いました、その歳で大したものです。ですが……これで終わりですよ』

時魔法によって一瞬だけ鈍ったティアナの動き。そこを見逃さず、ゴーレムは剣を振り抜いた。

正確無比なその一撃は、ティアナの肩に掴まる俺の体のみを捉え、綺麗《きれい》に両断し——パキン、と。

ティアナの魔力で出来た幻の俺が、音を立てて砕け散った。

『なっ……!?』

『残念だったな、これで終わりはこっちのセリフだ』

ゴーレムの足下に音もなく転がっていた俺はニヤリと笑い、ほぼ零距離で魔法を放つ。

いくら時の流れを操る時魔法とはいえ、ティアナの作った俺そっくりの幻に気を取られ、意識の外から攻撃されれば対処出来ないだろ。出来るだけティアナを傷付けないように立ち回っていたのが仇になったな！

『《精霊封印《エレメントスリーパー》》!!』

エルフの精霊魔法に対抗すべく作られた、対精霊魔法。

活動状態の精霊を半強制的に休眠状態へ持ち込むその魔法によって、ニーミのゴーレムはガクンとその場に崩れ落ち、活動を停止した。

『くっ……油断しました。まさかその魔法を使えるなんて……』

『なんだ、今はあんま使われてなかったりするのか？　昔はよく使われたもんだが』

対精霊魔法は、エルフと戦うならほぼ習得必須の魔法だ。

とはいえ、精霊を無理矢理眠りにつかせ、縛り付けるというやり方が気に入らないと当時からエルフの連中は怒っていたし、もしかしたら平和な今の世では使用禁止だったりするのかもしれない。

『それで……俺のこと、少しは信用してくれたか？』

とはいえ、いくら不意を突いて倒せたとしても、ニーミに信じて貰えなかったら意味がない。

そう考えながらティアナの下へ戻る俺に、ニーミは尚も笑う。

『そんなわけないでしょう？　この程度で、私のゴーレムが止まるとでも？』

『なに……!?』

『少しだけ、本気を出します。本物の師匠だと言うのなら……これを凌いで見せてください』

ゴーレムの体から、魔力が噴き上がる。

先ほどまでと違い、どこか不気味さを覚えるこの魔力……もしかして、魔王の力!?

『それでは、行きますよ？』

一度は停止したはずのゴーレムが立ち上がり、剣を構える。

魔王の力を纏い、少しばかり不気味な雰囲気を纏うそれはしかし――これまでと違い、どこか楽しげな感情が交じっていた。

17

「これほどまでとは想定外です。ですが……これはどうでしょう？」

学長室にて、ニーミは虚空より取り出した魔王杖を構える。

その杖から溢《あふ》れる力を、三百年前から愛用し続けている聖石の杖で以て制御することで、魔王の力を自らの物として制御する。

これまで幾度となく繰り返された戦争において、ニーミを英雄とまで言わしめた二本杖。

ラルフすらも知らない本気を見せようとするニーミは、しかしどこか楽しげだった。

――もしかしたら、今度こそ本当に師匠なのかもしれない。

心の内に、知らず知らずそんな思いが芽生え始める。

ラルフが死に、彼が聖人と持て囃《はや》されるようになって以来、ラルフの名を騙《かた》った悪人を数多く見てきた。

輪廻転生を制御する究極魔法、ほとんど夢物語とされるその魔法をラルフが一時期熱心に研究していたことを知っていたニーミは、そうした者が現れる度に、もしかしたら、と期待を抱き、そして裏切られて来た。

百年を超え、二百年が経ち、今ではすっかりそんな妄想染みた願望は捨て去ったと思っていたのに……あのぬいぐるみと少女の、あまりにも真っ直ぐな魂を見ていると、もう一度期待したいと思う自分が顔を出す。

もしこの本気を凌いで、師匠の面影を見せてくれたなら、その時は――

「学園長、至急お耳に入れたいことがあるのですが、よろしいでしょうか？」

そんな時、学長室にスプラウトが姿を現す。

本音を言えば、今はあのぬいぐるみのことに集中したかったニーミだが、学園長としての義務感がそれを阻む。

「なんでしょう？　少し忙しいので、手短に頼みます」

「承知しました。では、万が一にも誰かに聞かれては困りますので、少々お近くで……」

声を潜めながら、ニーミの耳元へ顔を寄せるスプラウト。

魔法による念話ですらないところを見るに、割り込みによる盗聴すら警戒したいほど機密性の高い案件なのだろうか？

そんなことを考えながら、何気なく顔を寄せたニーミは、

「……え？」

突如腹部に熱を感じ、こふっ、と血を吐き出す。

目を向ければ、そこには深々と一本のナイフが突き刺さっていた。

「学園長……申し訳ありませんが、死んでいただきたい」

どうして、と問う暇もない。ニーミは即座に反撃しようと魔力を練り上げるのだが、

「あぐ⁉」

全身を襲う激痛によって集中が途切れ、魔法は形にならず霧散する。

そんなニーミを、スプラウトは容赦なく蹴り飛ばした。

「くあぁ⁉」

「痛いですか？　ナイフには毒を仕込んでおきましたので、魔法もまともに編めないでしょう。

まあ、そもそも今生きている時点でおかしな話なのですが」

Cランク程度の魔物なら即死する毒なのですが、とスプラウトは溜息を溢《こぼ》す。

そのまま、蹴られた拍子に投げ出された魔王杖を拾い上げる彼の姿に、ニーミは怒りの形相で体を起こした。

「私くらい有名になれば、対毒魔法くらい常に仕込んでるわよ……暗殺者に狙われる機会なんて、それこそいくらでもあったんだから……それよりも、スプラウト……よりによって、貴方が魔族の手先だったの……⁉」

信じたくない、というよりも、信じられないという思いでニーミは叫ぶ。

スプラウトとは、昨日今日の関係ではない。それこそ、もう何年もこの学園で共に仕事をしてきた仲なのだ。

そんな貴方がまさか、と問い掛けるニーミだったが、当のスプラウトは手の中の魔王杖を軽く撫でると、魔力を流し込み……露骨なまでに顔を顰《しか》める。

「ふむ。魔法の群体制御、支配の力を持つこの杖があれば、学園長のゴーレム制御を乗っ取れるかもと期待したのですが……ダメでしたか」

「……当然でしょう。先日、あの奇妙なぬいぐるみがおかしな干渉をしてきたんだから。万が一にも制御を奪われないために、私以外の魔力を精霊達が感じたらゴーレムを自壊させるように仕込んでおいたわ」

「まさか、たった数日でこの王都にある全てのゴーレムにその仕掛けを？　いやはや、流石《さすが》と言うべきでしょうか」

「そんなことより、質問に答えなさい‼　事と次第によっては……‼」

「ふう、やれやれ、せっかちですね。ではお答えしましょうか。私は……いえ、この男は、魔族でも、魔族の手先でもない。善良で心優しい、貴女の大事な同僚よ」

突如口調が別人のものに切り替わり、瞳に妖しい赤の光が灯る。

それに合わせて、スプラウトの背後に展開されるのは転移魔法陣。

その力でどこからともなく現れたのは、漆黒の衣装と尻尾を持つ女魔族——アクィラだった。

「そうそう、貴女、この男に一つ命じていたわね。今年入ってきた新入生や教員を中心に、魔族が化けた者がいないか調べるようにって」

スプラウトが発していた言葉を引き継ぐように、アクィラは語る。

ついに動き出した自身の計画を誇るように。

自らの力を誇示し、愉悦に浸るように。

「答えは否、誰一人として、魔族が化けた人間などいないわ。でも同時に、貴女の味方になれる人間も残っていない。だって……この学園の人間は、もうみんな私の魔法の支配下だから」

アクィラの瞳が妖しい輝きを灯し、放たれた魔力がニーミを襲う。

魂に干渉しようとするその力を意思の力だけで強引に弾き返しながら、ニーミは呻《うめ》いた。

「サキュバス……!!　相手に合わせて姿形を自在に変え、魅了して操る魔族か……!!」

「ご名答。だからね、最後は貴女だけなのよ」

アクィラの姿がぐにゃりと歪み、新たな体を構築する。

徐々に輪郭を取り戻し、人の姿を取った彼女の姿は、目の前にいるニーミと瓜《うり》二つになっていた。

「貴女を殺し、この学園を丸ごと乗っ取る。そうすれば、邪魔者のいなくなった貴女の城を、そのまま魔王様復活のための祭壇へと作り替えることが出来るってわけ。だから……」

パチン、と、アクィラが指を鳴らす。

それに合わせて学長室に雪崩れ込んで来たのは、既に自我を喪失した生徒や教員達。皆一様に瞳を赤く輝かせ、幽鬼のような足取りで迫る死兵の群れだった。

「大人しく、この世から消えて貰えるかしら？　王国最強の魔女さん？」

⑱

「どうしたんだろう、急に……」

森の中で、俺達はニーミの差し向けたゴーレムと戦っていたんだが、ある時突然ゴーレムが自壊してしまった。

俺達自身は特に何をしたわけでもなく、それなのにずっと聞こえていたニーミの声すら完全に途絶えている。

困惑の声を上げるティアナに、俺は険しい表情で答えた。

『もしかしたら、ニーミに何かあったのかもしれない。俺を魔王だって疑ってたみたいだし、それに関わる事件に巻き込まれてるのかも……』

「そんな⁉　じゃあ、早く助けに行かなきゃ！」

『そうだな。俺も今度こそ、師匠としての責務を果たさないと』

散々勘違いさせる要因を作って、あいつにいらん心配をかけてしまった。何かあったなら、俺の責任も少なからずあるだろう。

そうでなくとも……俺はあいつの師匠なんだ、弟子が困ってるなら、力になってやらないと。

「おっと、そうは行かないぞ？」

『っ⁉　ティアナ、跳べ‼』

「えっ……⁉」

パリィイン‼　と、俺達を逃がさないために張られていたニーミの結界が砕かれ、何かが頭上から降ってくる。

大慌てで飛び退いたティアナが直前まで居た場所に着弾したそれは、地面を丸ごと抉《えぐ》り飛ばすほどの衝撃を撒き散らしながら立ち上がった。

「今のを躱《かわ》すか。やはり油断ならないな」

そこにいたのは、ただでさえ大柄だったソルドの倍以上の大きさを誇る巨人。

額からは一本の角が伸び、膨れ上がった筋肉はそれ自体が鎧であるかのように浅黒い輝きを放っている。

『オーガ……か？　でも、喋るってことは……てめえ、魔族か⁉』

「その通り。三百年も経ったからと、俺達のことを忘れていたわけではなかったようだな、ラルフ・ボルドー」

『忘れるかよ、くそっ、厄介な！』

魔族とは、魔王の力によって明確な自我と知能を得た魔物のことだ。

三百年前は既にかなりの数が存在していて、一つの国と呼べる規模にまで成長したと聞く。

突然国内に現れた魔王に対して対応が後手に回ったのも、この魔族達の軍勢に対抗すべく、王国軍の大半が国境付近に張り付いていたからというのが理由だったくらいだ。

本能のまま戦う魔物ですら、純粋なスペックでは人を上回る。そんな魔物に人並みの知能すら備えた魔族は、下手なSランクの魔物よりよほど強い。

魔王の力で良からぬことを企《たくら》んでる奴がいるかもしれないとは思ってたけど……それがまさか、魔族だったなんてな……！

「俺の名はオルガ、魔王様配下、オーガ族の末裔《まつえい》だ。ラルフ・ボルドー……貴様の予想通り、ニーミ・アストレアは俺の仲間が仕留めに向かっている。だが、貴様がそれを気にかける必要はない」

オルガと名乗った魔族の魔力が、一気に膨れ上がる。

だが、ただこちらを威圧するために無意味に垂れ流すのとは違う。

体の内側で激しく燃え上がらせた力を全身に行き渡らせることで、一滴の魔力も外に漏らすことなく、身体能力の強化と全身の防御を両立させている。

「貴様らは、ここで死ぬことになるからだ。この俺の手で‼」

地面が爆発し、オルガが突っ込んでくる。

フェイントや目眩《めくら》ましなど一切なく、ただその肉体強度と速度に任せて突っ込んでくる様は、まるで猪のようだ。

猪と違って、最初からこっちを殺すつもりで来てるのがタチ悪いけどな‼

『ティアナ‼』

「うん‼」

短いやり取りで意思の疎通を済ませ、ティアナが全力で回避行動に移る。

奇しくも同じタイプの魔法で先手を打つオルガ同様、白銀の魔力で全身を強化し、熊をモチーフにした鎧を纏って身を守るティアナだったが、そこには歴然とした力の差があった。

「遅い‼」

「きゃあ⁉」

オルガの拳がティアナを捉え、弾き飛ばす。

両手をクロスさせてガードし、更には俺が風の魔法で威力を和らげながら受けたんだが、それでも骨が軋むほどの衝撃が走っていた。

『ティアナ、大丈夫か⁉』

「うん、平気……！」

吹き飛んだ先で体勢を整え、どうにか着地する。

腕が痛むのか、顔を顰《しか》めて辛そうにするティアナへ治癒魔法をかけると、完全な強がりでもなかったのかすぐに表情が和らいだ。

とはいえ、あまり長引くとティアナの体が持たないか。

『ニーミのことも心配だし、速攻で終わらせるぞ』

「分かった、どうすればいい？」

『魔力を全力で練り上げろ、それで一気に倒す！』

俺の指示に頷いたティアナがこくりと頷き、全身から魔力を漲《みなぎ》らせる。

オルガのように洗練されているわけではないが、その量と質は遥かに上。泉のように湧き出る力の奔流に、オルガは顔を顰めていた。

「体にビリビリ来るな。これが、アクィラの魔法を解除したっていう力か。それなら!!」

ドンッ、と再び地面を破裂させ、オルガが迫る。

先ほどよりも更に速く迫り来る拳に、ティアナは目を見開いた。

「おかしなことをされる前に、潰すだけだ!!」

反応する暇もなく、強烈な一撃がティアナの幼い体を押し潰す。

地面にクレーターを穿つほどの凄まじさを誇るその拳は、確実にそこにあったものを粉砕し
――

「む？」

すぐに違和感を覚えたのか、オルガは警戒を緩めることなく周囲を見渡した。

今ので油断してくれれば楽だったんだが、そう簡単には行かないか。

「こっちだよ！　ラル君、やっちゃえ！」

『戦闘中にわざわざ自分の位置をアピールしなくていい。でも、時間は十分だ』

ティアナの作った、無属性魔法による疑似分身体。それを囮《おとり》に僅かながらの時間を手にした俺は、腕の先から空間属性の刃を伸ばす。

魔人化したガルフォードにトドメを刺した、俺の必殺魔法。大賢者ラルフ・ボルドーの代名詞とも言える切り札。

これで、終わらせる!!

『《次元切断》《ディメンジョンブレード》!!』

不可視の刃に魔力を纏わせ、オルガ目掛けて振り下ろす。

その空間ごと全てを両断する一刀は、確かにオルガを捉え――

「うおぉぉぉぉ!!」

その体で、受け止められた。

『んなっ、バカな!?』

空間ごとぶった斬る魔法だぞ、それを生身の体の魔法耐性だけで受け止めるだと!?

「はぁぁぁぁ!!」

受け止めるに留まらず、オルガは俺の魔法を弾き返し、勝利を確信したかのようにニヤリと笑う。

「ははは、確かにこれほどの魔法なら魔人を倒せてもおかしくはないが……アクィラの言っていた通り、全盛期には遠く及ばないようだな。この程度の魔法しか使えん男に、我らが魔王様がやられるはずがない」

『くっ……!!』

こいつの言う通り、俺はまだまだ全盛期の半分も力を出せない。

ティアナの魔力は膨大だが、根本的には他人の魔力であることに違いないからな。俺自身の魔力じゃない以上、どうしたって制御に難が出る。

ティアナの魔力を完全に自分の物として扱えるならいいんだが、そんなのは魂ごと融合でもしない限り……。

『……いや』

一つだけ、手がないこともない。

でも、それは俺だけじゃない、ティアナまで危険に晒すことになってしまう。

「もう打つ手なしか？　ならば、諦めて死ね!!」

悩む暇もなく、オルガが突っ込んで来た。

その拳に魔力を纏わせ、圧倒的な速度と威力で俺とティアナを叩き潰そうと振り下ろされる。

「死なないし、諦めない！　あなたを倒して、ニーミ様のところへ行く！」

オルガの攻撃を横っ飛びに回避したティアナの体を、俺が念動魔法で更に引っ張り強引に距離を取らせる。

そうして生まれた一瞬の猶予の内に攻撃魔法を連発し、オルガに対する牽制とするが……それを肉体強度に任せて無理矢理突破し、またしても距離を詰めてくる。

「無駄だ、お前達では俺は倒せん。それに……仮に倒せたところで、もう遅い。この学園はもはや、とっくに俺達の手に落ちている」

「え……？　それって、どういう……？」

オルガの拳を回避しながら、ティアナは疑問を口にする。

ニーミがこんなに早くやられるなんて思えないし、仮にやられたとしても、この学園には教員を始め、山ほど魔法使いがいるんだ。勝てる勝てないは横に置いても、〝俺達の手に落ちている〟なんて表現はしないだろう。

一体どういう意味かと、発言の真意を探ろうとしていると……ガサリ、と。

ティアナの背後から気配がし、そこから三人の男子生徒が顔を出した。しかもそのうちの一人は、あのソルドだ。

「ソルド様⁉　ここは危険です、離れてください‼」

「…………」

「……ソルド様？」

ティアナの呼び掛けに対して不気味な沈黙を保ちながら、ソルド達三人がゆっくりと顔を上げる。

その瞳に、爛々と輝く妖しい赤色を見るに至り、俺の脳裏に警鐘が鳴り響く。

『ティアナ、躱せ‼』

「え……？」

「ティアナ……ランドールぅぅぅぅ!!」

突如叫び出したソルドが、腰の剣を抜き放つ。

その剣身に光属性の魔法を纏い、振り抜くと同時に斬撃を飛ばすその魔法に、不意を突かれたティアナは反応出来ない。

『《風槌《エアブロウ》》!!』

「きゃあ!?」

咄嗟《とっさ》に足下へ風魔法を放ち、その爆風でティアナの体を弾き飛ばす。

それによって、辛うじてティアナは魔法の影響範囲から逃れられたが……代わりに、魔法で切断された俺の腕が一本どこかへ飛んでいっちまった。

『ティアナ、無事か!?』

「私は平気、でもラル君が……！」

『俺こそ平気だ。ぬいぐるみだからな、腕の一本や二本飛ぼうが、後で繋げりゃ問題ない』

それよりも、と、俺はニヤリと笑うオルガに加え、そんな奴を守るように位置取るソルド達を見やる。

これはまさか、と俺が違和感の正体に当たりをつける中、ティアナが小さな瞳に怒りの感情を灯しオルガを睨《にら》む。

「ソルド様達に、何をしたの!?」

「こいつらは自分の意思で俺達に従ってくれているだけさ。お前が気にくわないって、な」

「死ねぇぇぇぇ!!」

オルガの言葉通り、その魔力に殺意を込めて剣に纏わせたソルドが、ティアナを殺すべく本気で斬りかかって来る。

その攻撃を掻い潜りながら、しかしティアナは一切の迷いも見せずにオルガだけを糾弾する。

「惚《とぼ》けないで!! ソルド様は、確かに私のことが嫌いだけど……でも、ただ嫌いだからって理由で人を殺そうとするような、そんな悪い人じゃない!!」

今まさに自分を殺そうとしている人間を前にしているとは思えない、その力強い眼差しに、オルガは「ほう」と興味深そうにほくそ笑む。

「なるほど、流石《さすが》はラルフ・ボルドーが飼い主に選ぶだけはある。確かに、そいつらは今、俺の仲間が魔法で操ってる状態だ。操りやすいように元々持っていた感情を利用しているとは聞いたが、正気とは言い難いな」

『元々持っていた感情、ね』

正面からソルドが飛び掛かり、両脇を固めるように取り巻き二人が迫って来る。

正気を失っているにしては随分と連携が取れているのは、百パーセント術者の言うことを聞く人形ではなく、ある程度本人の自意識を残した状態で、思考誘導に近い形で操っているからか。

風の魔法を使い、迫るソルド達の動きを縛り、少しだけ解析のためその魂へと目を向けて……俺は自分の予想が正しいことにほぼ確信を得た。

『……サキュバスの、魅了系洗脳魔法ってとこか。相手の感情を昂らせ、無防備になった魂に自身の魔力を寄生させることで相手を操る上級魔法。確か上位のサキュバスなら、目を合わせただけで自身より弱い相手を洗脳し、洗脳した相手から更に同じ魔法で別の相手を洗脳する、ねずみ算式の集団洗脳魔法が使えたはずだ。魔力の消耗が大きいから、仕込みそのものに時間を取られること以外は弱点らしい弱点もなけりゃ、対処する方法も相手より強くなるくらいしかない恐ろしく厄介な力だった覚えがある』

「詳しいな、流石はラルフ・ボルドーだ」

俺の予想を肯定するかのように、心にもない賛辞を口にするオルガ。正直、嬉しくもなんともない。

それはティアナも同様だったらしく、いつになく魔力が荒々しく波打っているのを感じる。

「そいつらだけじゃない、既にこの学園にいる人間のほとんどが、俺の仲間の支配下にある。仮にここで俺を倒したとして、今度はこの学園にいる全ての人間がお前達の敵となるだろう。もう、お前達は詰んでるんだよ」

オルガの言葉通りなら、確かに俺達は今孤立無援だ。こいつ一人倒しても、敵は無限に湧いて来る。そもそも、今現在誰が敵で誰が味方なのかすら分からない。

後手に回ってるとは感じていたが、これは想定以上だ。本当に、どうしたもんか。

「どうして……」

「む？」

「どうしてこんなことするの？」

悩む俺の横で、ティアナはオルガへと問い掛ける。

学園の人々の自由意思を奪って支配し、ニーミや俺達を襲撃した理由。それは、まず間違いなく……。

「決まっているだろう？　我らが偉大なる王、魔王様復活のため」

予想通りの理由に、俺は大した驚きもなくそれを受け止める。

しかし、続く言葉は流石に驚きのあまり声が出なかった。

「そのために……もっとも障害となるであろうニーミ・アストレアを抹殺する。そして、魔王様の封印を破り、その依り代となる肉体を生み出すための無数の生け贄《にえ》を確保する‼　それが、今回の襲撃計画の目的だ」

『なっ……⁉　肉体を作るための生け贄だと⁉』

魔王の封印を破って復活させるまでは、俺も十分に予想出来た。

だが、その肉体を用意するための生け贄を欲してるだなんて思わなかった。

「そうだ、この学園には王国中から高い魔法適性を持つ貴族のガキが集まってくる。生け贄にするには、この上なく最適な素材がな。それらを操り、この学園そのものを儀式の祭壇とすることで、魔王様の完全復活を目指すのだ‼　貴様のように何の力もない滑稽なぬいぐるみの体とはわけが違う、本物の血肉と魔力で構成された至高の肉体を持つ、最強の魔王様として‼

そして、その魔王様の力によって……我ら魔族は、この地上の支配者となるのだ‼」

「っ……‼」

オルガの言葉に、ティアナは歯を食い縛る。

怒りの感情を堪えるようなその仕草に、オルガは気に入らないとばかりに鼻を鳴らす。

「ふん。義憤に駆られているようだが、お前にとって本当に、この学園の人間は守る価値がある存在なのか？」

「どういうこと……？」

「俺は今回の計画に際し、学園の様子もアクィラと共有していた。だから知っているぞ？　お前がそこのソルドとかいう男や、他の貴族……学園の連中にもバカにされ、蔑まれ続けて来たことを」

ぴくん、と、ティアナの体が小さく震える。

それを見逃さず、オルガは醜悪な笑みを浮かべた。

「先ほどお前は言ったな？　この男は、嫌いだという感情だけで人を殺すような、悪い人じゃないと。だが、俺はこうも言ったはずだ。確かに今のこいつは正気ではないが、こいつが今お前に向けている感情は決して植え付けられたものではない。元々こいつの中にあった感情を、少しばかり後押ししただけのものだとな」

「ぐおぉぉぉぉぉ‼」

オルガとティアナが話している最中も、ソルドは俺がかけた風魔法の拘束を振り解こうと、宙に浮かんだまま暴れている。

あまりにも力ずくの動きに体が悲鳴を上げ、骨が軋むような音を立てながらも、その瞳だけはドロドロとした殺意の感情を湛えてティアナを睨み、視線だけで殺してやると言わんばかり。

そんな彼の姿を見て、ティアナは顔を俯かせる。

「いいじゃないか。こいつも、学園の他の連中も、どいつもこいつも心の底では魔法が上手く使えないお前を蔑み、死ねばいいとさえ考えている。そんな連中を、お前が命を懸けて守らなければならない義理がどこにある？　むしろ……お前にとっても今回の件は、積年の恨みを晴らす絶好の機会だとは思わないか？」

恐ろしげな顔からは想像も出来ないほど、優しい声色。

いっそこれまでの戦いそのものが嘘だったのではないかと勘違いしそうなほど柔らかな表情を浮かべてはいるが、その口から吐くのは人殺しの誘いだった。

「ここでお前が素直に引き下がり、俺達に協力してくれるのなら……魔王様復活の暁には、お前の故郷であるランドール領にだけは手出ししないと約束しよう」

『お前……‼』

俯くティアナに持ちかけられたのは、まさに悪魔の取引。親しい者を助けるために、それ以外は全て差し出せというのだ。

実際、ティアナからすればこの王都にも、魔法学園にも、あるのは嫌な思い出ばかりだろう。それを見捨てさえすれば、故郷は助かると言われれば、心が乱れたとしても無理はない。

「さあ、どうだ?」

それを全て分かった上で、幼い少女に守るつもりもない口約束と共に問いかけるオルガに、俺はどうしようもない怒りを覚える。

耳を貸すなと、俺は急いでティアナに伝えようとして――

「ふざけないで」

それより早く、ティアナはオルガの提案を一蹴し、その全身から魔力を溢《あふ》れさせる。

今まで感じたことのない、怒りの感情が入り交じった荒々しいその力に、俺でさえ少しばかり背筋が寒くなった。

「嫌なことされたから、傷付けられたから……だから、何してもいい、死んでもいいって言うの? そんなの……そんなの絶対間違ってる!! 私はソルド様も、この学園の人も誰一人死なせない、傷付けたくない!! みんなみんな、私が守ってみせる!!」

「……お人好しが。まあいい、所詮お前の中にある怒りなど、簡単に水に流せる程度のものだったということ。三百年、積もり続けた我ら魔族の恨みと比べること自体が間違いだったというだけの話だ」

吐き捨てるようにそう言って、オルガもまた全身に力を漲らせ、その存在感を増す。

そこでふと、いいことを思いついたとばかりに口角を吊り上げた。

「せっかくだ、そんなに守りたいと言うのなら守らせてやる。文字通り、その命を懸けてな!!」

その言葉を合図に、ソルド達三人が拘束を強引に解き、俺達に再度攻撃を仕掛けて来る。

剣を振り上げ、魔法を練り上げ、本気の殺意を込めて襲い掛かる学友達。

そんな彼らの背後に続くように、オルガもまた拳を構えて跳び上がった。

ソルド達の攻撃を躱せば、続くオルガの攻撃でソルド達が死ぬ。仮に彼らを守ろうとするのなら、その攻撃を掻い潜ってオルガの攻撃の前に身を晒して盾とならなければならない。

俺とティアナ、二人がかりでも無傷では済まない威力を誇る攻撃の前に、ソルド達をやり過ごした直後の不完全な体勢で。

『くそっ、どうする……⁉』

ソルド達を守るにせよ、オルガの攻撃をやり過ごすにせよ、そのどちらかならやりようはある。だが、両方同時となると途端に難易度が跳ね上がる。何かしらは諦めなければならない。

一体どうするべきか——俺が考えを纏めるよりも早く、ティアナは拳を握り締めた。

「《魔力《ゼロ》——》」

荒ぶっていた魔力がより一層の強さで吹き荒れ、拳に凝縮される。

目前に迫るソルド達に向け、ティアナは全力でそれを叩き付けた。

「《——零帰《リバース》》!!」

白銀の魔力が解き放たれ、ソルド達を吹き飛ばす。

それによって彼らにかけられた洗脳魔法は消し去られ、迫るオルガの攻撃範囲からも脱することが出来たが、代わりにそれを為したティアナの隙を突くように、オルガが降って来た。

「ラル君、お願い!!」

『分かってる……!!』

躊躇《ちゅうちょ》なく……本当に、何の迷いも見せずにソルド達を守る決断を下したティアナを守るため、今度は俺が高速で魔法を紡ぎ出す。

目の前に空間属性の壁を作り上げてオルガの拳の威力を減衰させ、同時に発動した風の魔法でティアナを吹き飛ばす緊急回避。

ギリギリのところで直撃こそ避けることが出来たが、俺がぶつけた風魔法とオルガの拳による衝撃を一身に受けたティアナは大きく吹き飛ばされ、近くの木に叩きつけられた。

「っ……!! げほっ……!!」

『ティアナ、大丈夫か!?』

「だい、じょうぶ……はあ、はあ……」

大きくダメージを負って血反吐《ちへど》を吐きながら、それでも変わらぬ強い光を瞳に宿し、ティアナは立ち上がる。

自らの選択に後悔などないと、洗脳が解けたばかりで気を失っているソルド達を守るように自らの足で前に進み出る幼い少女の姿に、オルガは気味の悪いものを見たかのように顔を顰めた。

「なぜだ? たとえ親しい仲間であっても、いざ自分の命が懸かれば見捨てる者すらいるというのに、なぜお前は自身を蔑んだ者のためにそこまで出来る?」

「あはは……決まってるよ。だって、これも私のためだもん」

「なに……？」

「私は、みんなで笑いながら過ごせる毎日が欲しいんだ。だから、誰とでも仲良くなりたいし、誰のことだって守りたい」

「綺麗事《きれいごと》だな。誰とでも仲良くなど出来るはずがない」

ティアナの願いを、オルガは笑い飛ばす。

実際、誰とでも仲良くすることがいかに難しいかは、他ならぬティアナが一番分かっているはずだ。ソルドを筆頭に、ティアナを蔑む貴族が多すぎる。

「それでも、私はそんな綺麗事を本物にしたくて魔法使いになるって決めたの。どれだけみんなからそっぽを向かれても、嫌な事されても、それでも私はこの王国が好きだから！　貴族として、この王国を守りたいって思ったから!!　だから私はあなたも、あなたの仲間も倒して、操られてる人もみんな助ける。ラル君がくれた、私の魔法で!!」

多くの人間が一度は考えても、成長する中で現実を知り、どうせ無理だと笑い飛ばすような儚い夢。それを、ティアナは一切の疑いなく己の理想として掲げ、実現のために命すら懸けて拳を握る。

その小さくも誇り高い少女の姿に、対峙するオルガが僅かにたじろいだ。

「俺を倒すだと？　出来るものならやってみろ!!　そのボロボロの体と限りある魔力で、どこまで出来るか見物だな!!」

気圧された自分を誤魔化すように、オルガが吼《ほ》える。

確かにこいつの言う通り、ソルド達三人を解放した程度では、形勢は未だ圧倒的に不利だ。いくらティアナが洗脳を解けると言っても、《魔力零帰《ゼロリバース》》のあまりにも多い魔力消費を考えると、精々あと五人……無理を押しても十人程度しか解放出来ない。

しかも、今目前で対峙しているオルガは相当に強い。それこそ、魔人化したガルフォードよりもずっと上だ。

それと同格の仲間がまだいるとなれば、こっちの勝ち目はなきに等しいかもしれない。正直、俺もこの状況を打開する手段は、分の悪い博打みたいなものしか思い付けないでいる。

それでも、そんな博打すら頭にないだろうティアナが、全く諦めずに立ち向かう姿を見て……俺もまた、覚悟を決めた。

自分の命だけじゃなく、ティアナの命も共に賭けのテーブルに載せる覚悟を。

『ティアナ、俺に一つだけ、この状況をひっくり返せるかもしれないアイデアがある。ただ、この案は俺だけじゃなくティアナにとっても危険で……』

「分かった、どうすればいい?」

『いや、話は最後まで聞けよ。本当に危ないんだからな?』

「でも、ラル君がやるって決めたんだよね? だったら大丈夫だよ。私、ラル君を信じてるから」

相変わらず、疑うという言葉をどこかに置き忘れてきたかのような全幅の信頼を寄せてくれるティアナに、俺はやれやれと溜息を溢《こぼ》す。

この子にこんな風に言われたら……ちゃんと応えないと、最強の名が廃るじゃないか。

『分かったよ。いいかティアナ、やることはシンプルだ。まず、俺の魔石を一度融解させて再構成する。その時に、俺とティアナの魂を魔石を介して接続し、ティアナの魔力を俺の魔力として利用出来るようにするんだ。上手くいけば、俺は三百年前とほぼ同じ規模で魔法を使えるようになる』

「三百年前と同じ……⁉　すごい……!!」

『ただ、これをやってる最中は俺もお前も無防備になるから、あのデカブツを相手にかなりデカイ隙を作らなきゃならない。そのために……』

「私の《魔力零帰《ゼロリバース》》を当てる？」

『その通りだ』

魔王の魔力にすら有効だったティアナの魔法は、魔族にも同様に有効だ。

その証拠に、これまでティアナが二度魔力を解放した時、こいつは嫌がる素振りを見せたからな。流石にそれだけで倒すことは不可能だが、拘束系の魔法と併用すれば、一時的に行動不能にすることくらいは出来るはず。

『やるぞティアナ、このデカブツを、俺達二人の力でぶっ飛ばす!!』

「うん!!」

「相談は終わったか？　なら、その策ごと叩き潰してやる、覚悟しろ!!」

魔王にも似た闇色の魔力を纏いながら、オルガが再び仕掛けて来る。

その迫力に大気が震え、森の木々が恐怖と不安でざわめき立つ中、俺とティアナの決死の攻防が幕を開けた。

⑲

莫大《ばくだい》な魔力と魔力がぶつかり合い、衝撃が火花を散らす。

目にも留まらぬ高速で動き回る小さな背中がぬいぐるみを携え、見上げるような巨人の拳と真っ向から打ち合う。

そんな光景を、地面に横たわったソルドはただ呆然と見つめていた。

（なんなんだよ、アイツは……）

ソルドの中にあるティアナの印象は、いつもヘラヘラ笑っている気に食わない奴、だった。

貴族であるにも拘わらず魔法らしい魔法も使えず、誰も彼もが陰口を叩く落ちこぼれ。

社交の場では常に笑い者にされ、貴族失格だと後ろ指を指され——そんな中にあっても、いつも笑っていた。

わざとらしく嫌みを言う相手にも、あからさまに嘲笑うような相手にも、多少悲しげな顔をすることはあっても言い返すことはなく、すぐに笑ってその場を流す——貴族としての矜持も誇りもない、軟弱な田舎者だと。

そんなティアナが魔物災害を鎮め、ラルフ・ボルドーの再来だと持て囃《はや》されていると聞いて、何の冗談だと思った。よりによって、王国史に残る英雄の名を騙《かた》るのかと。

確かに、世の中には生まれ持った才能の差を、努力で埋めるとんでもない人間はいる。

しかしそれはあくまで、常軌を逸した膨大な努力の上に成り立つもので……あんなヘラヘラしているだけの少女にそれが出来るなどと、ソルドには到底思えなかったのだ。

だから、噂の真偽について問い質すためにティアナに近付き、以前のように罵倒することで反応を探ろうとした。

そうして返って来た言葉は、やはり予想通りというべきか、噂は噂に過ぎないというもので。

期待外れだと吐き捨てて……そんなソルドに、ティアナは初めて反抗を示した。

今は違うが、必ずラルフ・ボルドーに並んでみせると。

必ず、民を守る魔法使いになってみせると。

正直に言えば、あんな言葉がティアナから飛び出すこと自体、ソルドからすれば予想外だった。どうせ、貴族の責務など考えもせず、田舎で呑気に暮らしているだけの少女だろうと。

だからこそ、その言葉を笑い飛ばし、彼女の肩を持つレトナに反発を覚え——試験の中で、力の差を実感した。

どうして、と思った。

どうしてこんな、試合に負けても平気でヘラヘラ笑っていられるような少女に、ずっと血の滲《にじ》むような努力を重ねてきた自分が劣らなければならないのかと。

（だが、違う……!!）

目の前で戦うティアナを見て、ソルドはようやく自分の思い違いに気が付いた。

彼女は、負けても何も感じなかったから笑っていたのではない。

誰よりも悔しさを噛み締めながら、それを表に出さず内に秘め、笑っていた。

誰に認められることもなく、たった一人で戦い続けていたのだ。

（あいつは、俺よりも……ずっと……！）

ティアナは、ソルドよりも強い。だが、今彼女が対峙している魔族にはまだまだ及ばない。

及ばないと分かっていながら、傷付き血を流しながら、それでも抗い続けている。

他ならぬ、ソルドを守るために。

この学園にいる、多くの人々を守るために。

（俺は……俺は……！）

――〝その貴き血に宿りし力と叡智を祖国に捧げ、民を守る盾となれ〟。我らナイトハルト家は騎士の家系、貴族の矜持を誰よりも体現しなければならない者だ。この言葉を胸に精進せよ、ソルド。かつて大賢者の無二の友として戦った、〝剣聖〟ドヴェルグ・ナイトハルトのように。

父の言葉を思い出し、ソルドは歯を食い縛る。

自分は、貴族の矜持を体現出来ているだろうか？

目の前の少女を罵倒出来るほど、誇り高く在れているだろうか？

「きゃあぁ!!」

ティアナが弾き飛ばされ、地面を転がる。

既に満身創痍《まんしんそうい》の体でありながら、瞳の奥に無限の闘志を燃え上がらせて立ち上がるその小さな背中を見て、ソルドもまた立ち上がった。

「ぐ……うおぉぉぉぉ!!」

弱い自分では、力になどなれないかもしれない。

それでも、ナイトハルトは王国の盾。民を守る騎士なのだ。

ティアナが貴族としての矜持に懸け、自分を守ろうとするのなら。

「今度は俺の番だ……ナイトハルトの、騎士の矜持と誇りに懸けて、俺が貴様の盾となろう！

ランドールゥゥゥ!!」

死に物狂いでそう叫び、ソルドは走り出す。

自分の力では到底及ばない、英雄達の戦いの場へと。

20

『ティアナ、無事か!?』

「うん、大丈夫……!!」

作戦を固め、再びオルガへと挑む俺達だったが、中々ティアナの攻撃を叩き込む隙を見出せ

ないでいた。

ティアナも新しい魔法と持ち前の根性を武器に必死に食い下がっているのだが、やはり根本的な力の差が大きい。

「どうした、もう終わりかぁ⁉」

『ちっ……‼』

いくらティアナの心が強くとも、体がついていくには限界がある。

最初は躱《かわ》せていた攻撃も躱せなくなり、どんどん動きが鈍くなっていた。

そんなティアナへと容赦なく叩き込まれる拳を空間魔法による障壁で防ぎ止めるのだが、俺の魔法はティアナの魔力を使っている以上、使えば使うほどティアナが疲労し、更に動きが鈍くなる悪循環。

このままだと、博打に出る余裕すらない……‼

「《光剣《リヒトスラッシュ》》‼」

「む？」

そんな時、予想外の方向から魔法が飛び出す。

その攻撃自体は羽虫でも追い払うかのようにあっさりと弾かれてしまったが、お陰でオルガの意識が少しだけティアナから逸《そ》れる。

「俺が相手だ、化け物が‼」

そこにいたのは、剣を振り抜いた体勢で佇《たたず》むソルドだった。

つい先ほどまで洗脳が解けた衝撃で眠っていたはずだが、目を覚ますのみならず参戦してくるとは予想外だ。

「ソルド様、どうして……⁉」

ティアナにとっても同じだったんだろう。自身を守るように立つ少年に、驚愕の声を上げる。

そんなティアナへ、ソルドは吐き捨てるように叫ぶ。

「どうしてだと？　俺はナイトハルト家の跡取りだぞ‼　騎士道精神の体現者たるべきこの俺が、お前のような落ちこぼれ一人に任せて寝ているわけにいくか‼」

こんな時でもティアナを落ちこぼれ扱いするソルドだったが、どこかそのニュアンスはこれまでと異なり、羨望にも似た色を宿す。

素直になれない心を悪態に変えるように、「だから」とティアナへ顔を向ける。

「お前はそこで見ていろ、俺がこいつを倒す‼」

「誰が誰を倒すって？」

「っ……⁉」

一瞬だけ目を離した隙に、オルガがソルドの目の前に立つ。

振り下ろされる拳に対し、ソルドは結界魔法で対抗するが、あいつの魔法ではとても防ぎ切れない。紙細工のように砕かれて、ソルド自身も叩き潰されてしまうだろう。

そう思った俺の予想とは裏腹に、ソルドが張った結界はオルガの拳を僅かに押し止めることに成功していた。

「なに……？」

「ナイトハルトを、王国騎士を舐めるなぁぁぁぁ!!」

一体どんな心境の変化があったのか。以前見た時とは比べ物にならないほどに煌《きら》めく魂の力が、拙いながらも結界の強度を引き上げている。

それでも、まだオルガには届かない。

「その程度の魔法で粋がるな、人間のガキが!!」

オルガの拳が纏う魔力が一段と引き上げられ、ついにソルドの結界を打ち砕く。

その勢いのまま叩き込まれた一撃によって、ソルドは大きく吹き飛ばされていった。

「ぐあぁ!!」

「ソルド様!!」

「ふん、これでは羽虫の方がまだマシだな。大人しく寝ていれば良かったものを……む？」

一撃入れたことで、完全にソルドを意識の外へ追いやったオルガ。

しかし、破壊したはずの結界の欠片がいつまでも消えずに自身の体へと纏わりついているのを見て、訝《いぶか》しげに眉を顰《ひそ》める。

「かふっ……はあ、はあ……はは、かかったな……ナイトハルトは騎士の家系、〝防御〟こそが専売特許だ……！　結界一枚破ったからと、それで終わると思うな……!!　《聖位拘束《ホーリーロック》》!!」

纏わりついた結界の欠片が輝きを放ち、それぞれが結びついて糸のようにオルガの体に絡みつく。

結界による防御、そしてそれが破られても、欠片を使って更なる防御を瞬時に形成する二重防壁。ティアナみたいに魔法そのものを無効化しない限り、何度でも相手の攻撃を阻む鉄壁の魔法だ。

それでも構わず、オルガは力ずくでそれらを引きちぎる。

「この程度の魔法で罠に嵌めたつもりか!!　こんなもの、足止めにもならん。無意味に足掻くな、みっともないぞ人間!!　弱者は弱者らしく、強者の糧となって朽ち果てろ!!」

「っ……!!」

再構成された光の糸を破り、それが再び形になる前に闇色の魔力を纏わせた拳で残滓《ざんし》すら残さず粉々に打ち砕く。

その言葉通り、ソルドの魔法では足止めすら満足に出来ず、オルガは変わらず前進を続けるが……。

「無意味なんかじゃないよ」

ティアナが踏み込むための、僅かな隙を作るくらいの効果は確かにあった。

「これで、どう!?　《魔力零帰《ゼロリバース》》!!」

「ぐはぁ……!?」

白銀の魔力を込めたティアナの拳が、オルガの腹を完全に捉える。

魔王の力すら打ち消した無属性の魔力は、俺の魔法をも弾き返す魔族の肉体をかき回し、その強固な身体強化を無効化。これまでで初めて、こいつにダメージらしいダメージを与えて吹き飛ばす。

「くっ、がぁ……⁉　くそっ、本当に、なんだこの魔法は……俺の魔力が……体が、言うことを……！」

『そこで大人しくしてろ‼　《大地拘束《ガイアロック》》‼』

「ぐっ……‼」

露骨に動きが鈍ったオルガの体を土魔法で縛り上げる。

これで、ひとまず時間は稼げるだろう。

『ティアナ、やるぞ‼』

「うん、いつでもいいよ！」

ここからは時間との勝負だ。

動きを止めたオルガから大きく距離を取り、俺の中の魔石を取り出すと、リルルの魔法銃と同じ原理を使って一度融解、本来の魔王の魔力に戻す。

そして、今度は俺とティアナ、二人の魔力を繋ぐように、新たな魔石として再構成する。秘密書庫で読み漁った禁書の知識、それにティアナの新魔法で培ったノウハウを活かせば、前よりも更に多くの魔力を生み出せる、高純度の魔石が作れるはずだ。

……言うだけなら簡単だが、魂に干渉する魔法なんて、それだけで難易度は天井知らずに高い。それこそ、俺が初めて使った転生魔法の結果、こんなぬいぐるみの体になっちまうくらいには。

当然、魂と魔石の接続なんて真似《まね》、糸みたいに繋いだり切ったりポンポン出来たら苦労はない。失敗すれば、俺もティアナも魂そのものが崩壊して廃人と化すだろう。

一歩間違えばティアナすら殺しかねない高難度の魔法を、戦闘の最中に時間制限つきで完成させる。

ぬいぐるみになってからは元より、三百年前から考えても過去一番に危険な賭けだ。我ながら、何やってんだかな。こんなことするくらいなら逃げた方がよっぽど賢いって、バカでも分かるのに。

——師匠は賭けに弱すぎるんですから、もう少し自重してください!! 偶には退くことを覚えないと、いつか大火傷しますよ!?

いつもいつも、ニーミに怒られていた記憶が蘇る。

悪いな、ニーミ。この体になって、自分では少し丸くなったかもしれないと思ったけど、やっぱ本質は変わらないわ。

それでも、男にはな……退けない戦いってもんがあるんだよ!!

「ぐおぉぉぉぉ!!」

オルガが拘束を打ち破り、自由の身になった。

魔石の完成にはまだほんの少し時間がかかるってのに……!!

いや、まだだ。あいつの攻撃手段は物理攻撃、ティアナの魔法の影響で動きが鈍ってる今のあいつなら、殴られるよりも早く完成させられる!!

「この……しゃらくさい!!　《暗黒呪怨撃《ダークネスブラスト》》!!」

『なっ……!?』

そんな俺の予想を裏切り、オルガが選択したのは遠距離からの攻撃魔法。拳に纏わせた闇属性の魔力を、そのまま砲弾として撃ち出す技だった。

くそっ、ここに来てまだ隠し玉があったなんて!!　魔石の生成は止められないが、並行してこれを防ぐ魔法なんて……!!

「させるかぁぁぁぁ!!」

そんな俺達を庇うように、ソルドが間に立ちはだかった。

魔族の渾身《こんしん》の魔力が込められたその魔法は、ソルドが咄嗟《とっさ》に構築した結界魔法をいとも容易《たやす》く打ち砕き、盾に使われた剣を覆う防護魔法を削り取り、剣本体すらへし折って……それでも、ソルドはその場から動かない。身を挺《てい》して、俺とティアナを守っている。

「ソルド様、ダメです!!　避けてください!!」

「誰が、避けるか……!!　お前は、大人しく俺に守られていろ……!!」

「どうしてそんな……ソルド様は、私が嫌いなんじゃ……」

「ああ、嫌いだ、お前なんか大嫌いだよ!!」

躊躇《ちゅうちょ》なく嫌いと言い切るソルドに、ティアナは目を丸くする。

それでも尚《なお》ティアナの盾であらんとする少年は、血反吐《ちへど》を吐きながら必死に声を張り上げた。

「いつもいつもヘラヘラ笑って、落ちこぼれの癖に誰に対しても良い顔するお前のことが、昔からずっと気に入らない!!　だが……お前の持つ、貴族としての矜持だけは、本物だって認めてやる」

再構成した結界も破られ、ついに耐え切れなくなったソルドが膝を折る。ボロ雑巾のようになりながら防ぎ止めた魔力弾が、その体を飲み込まんと勢いを増す。

「だから……お前が決めろ。この学園の人達を……お前が、守ってみせろ……！　後は、任せたぞ……」

「ソルド様……だめぇぇぇぇ!!」

ティアナの悲痛な声を背景に、ソルドの体が闇に呑まれて消えていった。

㉑

「ひ～！　何がどうなってるんすか～！」

ティアナやソルドが、魔族との決死の攻防に明け暮れる中。人知れず、リルルもまた窮地に陥っていた。

「レトナ様、オイラ何か悪いことしたっすか!?」

「…………」

彼女の背後からは、同級生のレトナが炎の魔法を掌に浮かべながら、リルルに向けてそれを次々に放っていた。

厳しく優秀でありながら、どこか子供っぽさの残る可愛らしい彼女のことを、まるで口うるさい姉のように思っていたリルルからすれば、どうしてこんなことになったのか皆目検討がつかない。

「なんか正気じゃないっぽいすけど、魔法で操られでもしてんすか⁉」

予想出来るのは、精々その程度。だが、そうだったとしてもリルルにはどうしようもない。

対抗手段は魔法銃くらいだが、唯一そういった洗脳に効果がありそうなティアナの魔法は、物質化が不完全で大した効果を発揮出来ないのだ。

「本気のレトナ様と戦って、オイラがどうこう出来るわけないっす！　とにかく、誰かと合流しないと……あっ、フェルミアナ先生‼」

森の中をひた走り、安全な場所を探していたリルルは、正面に担任教師の姿を見付けて喜色を浮かべる。

何が起きているかは分からないが、先生に保護して貰えばそれで助かると。

しかし……。

「…………」

「ちょ、先生までーっ⁉」

教師から放たれた水魔法をゴロゴロと転がりながら避けたリルルは、全身土塗《まみ》れになりながら更に走る。

頼みの綱だった教師にまで矛先を向けられ、もはやどこに逃げればいいのかすら分からないが……ともかく、今は走るしかない。

「うぅ、レトナ様だけじゃなくて先生まで……こうなると、もしかして学園中似たような感じになってたりするんすか？　だとしたら絶望っす！　それはそれで、どうしてオイラだけ平気なのか分かんないんすけど!!」

なぜレトナや先生が操られていて、リルルが操られていないのか。

それはひとえに、アクィラ達が完全に準備の整う前に行動を起こしたから。その結果、魔法を扱える優秀な人間を優先して洗脳を施したため、リルルのような実技成績の低い新入生は洗脳されずに済んでいる。

アクィラ自身はハッタリも兼ねて全員を洗脳したと言っていたが、流石にそこまでのことをする余裕はなかったのだ。

もっとも、そうした生徒が余計な行動を起こさぬよう、レトナのような洗脳済みの生徒の一部を利用して生存者狩りが行われているので、それが幸運だったとも言い切れないのだが。

「うぅ〜、ティアナ様の使い魔、何かあるかもとは言ってたっすけど、これは聞いてないっすよ！　渡された魔法も、対精霊用じゃこれに通じるわけないっす」

ラルフがリルルにもしもの時のためにと渡した切り札――それは、ニーミのゴーレムとの戦闘中に利用した《精霊封印》《エレメントスリーパー》の拡大版。この森全体を包みこむ封印結界により、内部の精霊の働きを急激に鈍らせる大魔法だった。

ラルフが想定していた〝もしも〟がゴーレムの暴走だったためにこうなったのだが、洗脳魔法には通用しない。

「でもこのままだと、オイラもすぐに追いつかれて何をされるか……！　うぅ、オイラも普通に魔法が使えたら……！」

幽鬼のような足取りで迫るレトナや教師から逃げながら、リルルは嘆く。

魔法の適性は遺伝しやすく、それ故に貴族は高い魔法適性という能力で以てその権威を保っている。

逆に言えば、リルルのような平民は魔法適性が低いことの方が多かった。

それが当たり前の環境で、それでもリルルが魔法研究にのめり込んだのは、魔道具を扱うマッカートニー商会に生を受けたから。そして何より、当たり前のように魔法を使う貴族を、他の平民よりずっと間近で見て来たからだ。

自分も、彼らと同じように魔法を使ってみたい。

自由自在に炎を出し、大地を動かし、大空を翔ける。そんな夢のような力が、自分だって欲しい。

そんな想いで幼い頃から魔道具作りの現場に突撃し、大人に交じって知識と技術を積み上げて来た。

最近ではそれも認められ、魔法研究の大家、ドランバルト家の新しい後継者であるルクシード・ドランバルトから支援を受けられるようになり、こうして魔法学園にも入学することが出来たのだ。

だが……現実として、窮地に陥った今この時、まともな抵抗も出来ずに逃げ回っている。いや、逃げ回ることすら満足に出来ず、不安定な地面に足を取られて転げまわり、今にも追い付かれそうになっている。

所詮、平民の身で魔法使いになろうなど、無謀な夢だったのか——そんな諦観が脳裏を過ぎるリルルだったが、そんな彼女の懐から転げ落ちた一冊の本を見て、ぐっと唇を噛み締めた。

「このくらいで、諦めてたまるかってんです!!　『笑いたければ笑えばいい、これが俺の道だ』っすーー!!」

地面に落ちた『ラルフ・ボルドー大魔導伝』を拾い上げたリルルは、その中に記された一説を叫び、また走り出す。

リルルが魔法を研究するに辺り、もっとも参考にした人物が三百年前のラルフだった。

数多《あまた》の魔法を使いこなし、あらゆる魔物や諸外国の侵略から王国を守り続けた最強の魔法使い。そんな彼の魔法を再現したくて、あらゆる文献を読み漁り……魔法だけではなく、彼の生き様にも感銘を受けた。

魔法のためなら法を飛び越し、常識を踏み越え、必要とあらば平民相手でも頭を下げて教えを乞う。

どこまでも貪欲に力を求め、周りの声など気にも留めずに高みを目指すその姿に、強烈に憧れたのだ。

挫けそうになる度に彼の遺した言葉に勇気づけられ、ここまでやって来た。ならば、ここで諦めては憧れの人にいつまで経っても追いつけないではないか。

「何か手はあるはずっす、オイラにも出来ること……!!」

逃げながら、必死に頭を回転させる。

これまで培った知識と技術、今の状況、すぐに使える手札。それらの要素を並べ立て、打てる手段を模索し……ついに、辿り着いた。

「来たっす!! これならこの状況、全部纏めてひっくり返せるっす!!」

歓喜に吠えるリルルだったが、すぐに「待てよ」と思い至る。

手段は見付かった。それを実行に移す方法も手元にある。

だが……追われているこの状況で、それをするだけの時間をどう確保する? と。

「ダメじゃないっすかー!! ……って、のわーっ!?」

「…………」

頭を抱えるリルルへと降り注ぐ、レトナからの炎の魔法。直撃こそしなかったが、爆風に煽られ吹き飛ばされる。

ともかく距離を稼がなければと、慌てて起き上がろうとするリルルだったが……ズキンッ、と。

足に走った鈍い痛みに顔を顰《しか》め、その場に倒れ込んでしまう。

(や、やばいっす……)

こんな時に、よりによって足を痛めるとはついてない。いや、むしろこれだけ魔法で攻撃されて、この程度で済んでいるのが既に奇跡か。

無駄に冷静な頭でそう考えるが、肝心の逃げる手段については何も思いつかない。

そんなリルルに向け、レトナは焦点の定まらない瞳でゆっくりと掌を掲げる。

澄んだ魔力が炎となって渦を巻く光景に、ここまでかと諦めかけた時――

「させん!! 《火炎付与《ファイアエンチャント》》!!」

突如、一人の男が炎を纏わせた武器でレトナの魔法を打ち払い、リルルを庇った。

見覚えのあるその背中に、リルルは「あ、あなたは！」と声を上げる。

「ティアナ様と親しそうだった、落ちぶれ貴族の用務員さんじゃないっすか!!」

「ベリアルだ!! その不名誉極まりない覚え方はやめてくれ!! いや、事実ではあるのだが!!」

なぜか炎を纏った箒を武器代わりに振り回すベリアルは、助けた相手からの思わぬ精神的ダメージに心の中で涙を流す。

ベリアルもまた、リルル同様洗脳を免れた一人だった。

一応、学園の基準で言えばそれなりに優秀な魔法使いではあったのだが、ガルフォードの駒の更に息子など魔族達の記憶に残っているはずもなく、更に言えば用務員見習いとしてこき使われている中で魔法などそうそう使うこともないので、文字通りただの雑魚と思われていたのが幸いした結果だ。

周囲の人間が突如として正気を失い暴れ出したことから異常を察知し、先日ラルフ達と森の中でゴーレムに不審な魔法が仕掛けられていた記憶から、ここに異変の元凶があるのではと、彼なりに推測を働かせてやって来たのだが……お陰でリルルを助けるファインプレーは決められた。とはいえ、彼にとって良い事だったかどうかは微妙なところだ。

「ならちょうどいいっす!! オイラ、ちょっとこの状況をひっくり返す良いアイデアがあるっすから、そこのレトナ様を抑えといてくださいっす!!」

「は？ いや、俺ではレトナ様には勝てないのだが？ 出来ればこのまま君を連れて逃げたいなと……」

「この場でやるしかないんすよ！ 気合いでお願いするっす!!」

「気合い!?」

何せ、到着早々の精神ダメージに加えて、いきなりこんな無茶ぶりをされてしまうのだから。

事情を説明する気もないのか、早くもレトナとベリアルを視界から外したリルルは、自らの懐から魔法銃とそれ用に作り上げた各種魔石を取り出し、近くに落ちていた木の枝を使って足下に巨大な魔法陣を描き始める。

乗りかかった船という言葉はあるが、流石にこの展開は予想外だとベリアルは頭を抱えた。

「…………」

「ええい、やるしかないか!! うおぉぉぉぉ!!」

もはやこちらを見てすらいないリルルの姿に、涙ながらにレトナへと挑みかかるベリアル。

炎と炎がぶつかり合い、あっさりと押し負けてボロボロになっていくベリアルを放置し、リルルはひたすら己の作業に没頭していた。

「魔法陣はよし、余りの魔石を砕いて触媒にして、魔法銃には《精霊封印結界《アンチエレメントフィールド》》、それからティアナ様の魔石を……うーん、物理的に入らないっすね、銃口を蓋しながら無理矢理詰めるしかないっすか」

暴発のリスクを考慮せず……むしろそれこそを狙いながら、リルルは自らの理論を組み上げる。

目指すのは、この状況をひっくり返す大逆転の一手。

洗脳がいかなる論理に基づいて行われているかは分からないが、魔法によって行われているのは間違いない。ならば、その魔法を打ち消せばいい。

元々の切り札としていた結界魔法をベースに、ティアナの魔法をありったけ込める。不完全ではあるが、全く効果がゼロではないのなら、あるだけ全てを一度に放てば、結界内の魔法を一瞬だけ全て無効化するくらいは出来るだろう。

それほどの出力の魔法を放つことを、魔法銃は想定していない。暴発同然に放たれた魔法はいかなる効果をもたらすか正確には読み切れず、下手をすれば結界内にいる人間全てに悪影響を及ぼすかもしれない。洗脳の解除が力業過ぎて、余計なダメージを与えてしまう恐れもないとは言い切れない。

だが、それがどうした。

「ラルフ様も、言ってたっすからね」

ガチャリと、完成した魔法陣の上でリルルは魔法銃を構える。

足の痛みも無視して立ち上がり、空へと掲げるその瞳に爛々と輝くのは、魔法に対する飽くなき探求心。

ただただ魔法を使えるようになりたいと願い、純粋過ぎて少しばかり行き過ぎた少女の想いの結晶だった。

「『限界を超えたいと願うなら、まずは自分の常識から踏み越えて行け』って!!」

僅かに流し込まれる魔力によって仕込まれた魔法陣が起動し、内部に詰め込まれた大量の魔石が融解。限界を超えたその出力によって、魔法銃が赤熱する。

高まり過ぎた熱が銃を握る掌すら焼き、立ち上る白煙が嫌な臭いを漂わせようと、リルルは構わずトリガーを引いた。

瞬間、放たれた魔法のあまりの威力に銃身が弾け飛び、リルルの手をズタズタに引き裂く。

小さな体は衝撃によって吹き飛ばされ、その利き腕は思わず目を覆うほどに血だらけになってしまったが、魔法そのものは無事に発動し——森全体どころか、学園全てを覆う巨大な結界を作り出す。

「さあ、見るがいいっす!! これがオイラの、今出来る最高の大魔法!!」

自らの負傷など気にも留めず、立ち上がったリルルは自らの成果を謳《うた》い上げる。

暴走状態故に一瞬しか維持出来ない、範囲内全ての魔法を打ち消すアンチ魔法。

「《凡人の世界《フールワールド》》!!」

いっそ狂気すら感じさせる恍惚とした瞳で、ラルフの言葉を口にしながらあまりにも危険過ぎる賭けを平然と行ったリルル。

その賭けは、事実この状況をひっくり返す奇跡を起こすのだが……それでも、もしこの場にラルフがいたならば、彼女を見て思い切り頭を抱えたことだろう。

どうしてこうなった、と。

㉒

「……粘るわね、ニーミ・アストレア」

「…………」

学長室にてアクィラの襲撃を受けて深手を負い、更には切り札だった魔王杖まで奪われたニーミは、戦場を校庭へと移して抵抗を続けていたが……有り体に言って、その体はボロボロだった。

最初に刺されたナイフの傷口からは血が止まらず、体中至る所には数多《あまた》の魔法による火傷や裂傷の痕が刻まれている。

大きく肩で息をする姿からは魔力の余裕も残り僅かであることが窺え、その劣勢ぶりをこれでもかと現していた。

「全く、魔王杖を奪った時点で勝負はついたと思っていたのに、ここまでやるとは思わなかったわ。真面目に戦われていたら、負けていたのは私だったかもね。……それなのに、まだ守るの？　そいつらを」

やれやれと肩を竦めるアクィラの視線の先には、ニーミの周囲に倒れる無数の人々の姿があった。

その全員が、アクィラの魔法によって意識を操られ、ニーミへと差し向けられた死兵達。魔法の被弾を恐れず、体が壊れることも厭わず、肉体の限界を超えた力でニーミを殺さんと迫る命の弾丸だ。

それに対し、ニーミが取った手段は実にシンプル。迫りくる全ての人々の手足と視界と口と耳と精神すらも魔法によって縛り上げることで、一切の抵抗も自害すらも行えないようにするというものだった。

しかし、そうした拘束系の魔法は、どこまで行っても時間稼ぎにしかならない。放置すれば魔法の効果が終了してしまうので魔力は奪われ続けるし、魔力制御能力も一部割き続ける必要がある。これほど厳重な拘束を行えば猶更だ。

そんな魔法を、ニーミは既に百近く並列して発動し続けていた。アクィラ自身が繰り出す攻撃魔法から自身を、そして何より自身へと襲い掛かる生徒や教師達を守りながら、だ。

魔王杖のような反則級の性能を誇る魔道具を使わなければ、人の制御能力にはどうしたって限界がある。アクィラは最初から、ニーミの良心に漬けこんで消耗を強いる作戦を取ってはいたが……それにしても、ここまで妥協せずやり続けるのも、やり通せているのも予想外である。

「いい加減諦めたらどうなのかしら？　そんな連中が多少死んだからって、別に何も困らないでしょう？」

「……諦めるわけないでしょう？　それとも、諦めてくれないと困るのかしら。ふふ、さっきから、魔王杖の制御に四苦八苦しているみたいだものね。魔王に造られた種族の癖に、エルフの私ほども使いこなせなくて悔しいんでしょう」

「っ……減らず口をいつまでも。いいわ、そんなに死にたいのなら、永遠にその足手纏いの雑魚共を守りながら果てなさい‼」

挑発するつもりで逆に煽られ、アクィラは激昂しながら攻撃を放つ。

呼び集めた生徒数人を、その生徒達自身の風魔法と身体強化魔法、そしてアクィラの念動魔法を重ね掛けして、肉の弾丸として撃ち放つ自爆攻撃。着弾と同時に文字通りの意味で自爆させるべく、生徒達に限界まで魔力を振り絞った炎魔法の準備までさせる徹底ぶりだ。

それに対し、ニーミはあくまでも生徒達を守るための魔法を紡ぎ上げる。

操られているが故に制御が雑な風と炎の魔法に干渉して、魔法を強制終了。目の前に構築した風の障壁をクッションとして、突進の衝撃を和らげる。同時に、光の拘束魔法で手足を縛り、猿轡《さるぐつわ》と目隠しを行い、闇の精神干渉魔法で心すらも強引に眠りにつかせていく。

ニーミは闇魔法をあまり得意としていないため、洗脳を解くには至らないが……ここまですれば、もうアクィラとてその生徒を操ることは出来ない。

ニーミ自身の消耗を度外視すれば、だが。

「《暗黒散弾《ダークネスショット》》‼」

そんなニーミへと放たれる、闇属性の無数の弾丸。

敢えて広範囲にばら撒くように放たれたその攻撃は、ニーミ本人よりも周囲に倒れる生徒達への被害の方が大きい。当然、彼らを守ろうとするニーミからすれば、その攻撃全てを防ぎ止めなければならない。

「《起きろ》」

カンッ！と地面を杖で叩くと同時、地面から無数のゴーレムが聳《そび》え立つ。

土から作られた即席のゴーレム達は、その身を盾に降り注ぐ漆黒の魔力弾を全て受け止めるが……制御するにも限界が近いのか、ゴーレム達は一撃防いだだけであっさりと崩壊してしまう。

「ぐぅ……!!」

「《暗黒閃《ダークネスピアス》》!!」

その隙を突くように放たれた漆黒の閃光が、ニーミの肩を貫いた。

ガクリと膝をつくニーミに対し、アクィラは更に闇の魔法を連発し、畳みかけていく。

「《暗黒球《ダークネスボール》》!!」

「《起きろ》、《時間旅行《タイムリープ》》」

それらの魔法を、ニーミはただひたすらに凌ぎ続ける。

新たなゴーレムを作って盾とし、それらの崩壊を時魔法で無理矢理遅らせ、延々と。

「ふん、無様なものね……!!　英雄様はたとえ負けると分かっていても、周りの人間を守らなければならないなんて。そうまでして守る義理があるのかしら？　これじゃあ王国最強が聞いて呆れるわ」

心底分からないとばかりに、アクィラは問いかける。

ニーミが必死に周りの人間を守り通そうとする状況は、アクィラにとって非常に都合が良い。都合が良いのだが、あまりにも都合が良すぎるために心の中では警戒心が先立つ。

それを解消したいがために、攻撃の傍《かたわ》らで言葉を紡ぐ彼女に対し、ニーミは「ふふっ」と笑みを溢《こぼ》す。

「何も分かっていないわね、貴女。私は王国最強だから、みんなを守るのよ」

「……はあ？」

いきなり何を言いだすんだ、とアクィラは眉を顰《ひそ》めた。

学園長としての責務だとか、そういったものを持ち出してくるならば……理解は出来ないが、そういうものだとまだ納得出来る。

しかし、最強だから守るとはどういう意味か。そもそも、これだけ追い詰められていて最強も何もあったものか。

そんな疑問をありありと表情に浮かべるアクィラへと、ニーミは教師として講釈する。

「あまり知られていないけれどね……史上最強の大賢者、ラルフ・ボルドーは、戦いの中で何度も死にかけているのよ」

知られていないのは、私が伝えてないからだけど。

そう呟《つぶや》いて笑いながら、ニーミは昔を懐かしむように目を細める。

「大概ロクでなしだった師匠は、いつもいつもだらしなくて、私にも周りにも散々迷惑かけて、笑われて……その尻ぬぐいだって、バカみたいに苛烈な戦場にいつも赴いていたわ。それこそ、今の私よりもボロボロになりながら……『勝てる戦いに勝つだけなら誰だって出来る。勝てない戦いに勝ってこその最強だ』って、そう言ってね」

森に棲み付いた竜の群れの掃討、他国の奇襲を受け陥落した砦の奪還、襲い来る魔族達の軍勢の撃破……起こした問題が数知れないように、それを帳消しにするために行った依頼の数もまた尋常ではなく、彼の力であっても簡単には行かないものも多くあった。

それでも、ラルフは一度たりとも依頼を投げ出さなかったし、負けなかった。

血だらけになりながらも、これくらい余裕だと笑い飛ばし、その背中で多くの民を守り続けていたのだ。

「私は、そんな師匠から〝最強〟を継いだ、師匠の一番弟子だ」

痛む体に鞭打って、ニーミは立ち上がる。

杖で地面を叩き、また新たに作られていくゴーレム達に宿るのは、決して折れない不退転の意志。

全てを守り、全てを打ち倒すまで何度だって立ち上がってみせるという、ニーミの覚悟そのものだった。

「だから、師匠が遺してくれたこの王国も、その民も、全て私が守り抜く。師匠がくれた、

〝王国最強〟の誇りに懸けて!!」

もはや、ただ最強になりたかっただけのラルフよりも、よほど崇高で気高い想いを胸に宿した最強の魔女は、その言葉だけで圧倒的優位にあるはずのアクィラを怯ませる。

そんな自分に気付き、怒りが湧いたのか。アクィラは端整な顔を醜く歪ませながら魔力を滾《たぎ》らせた。

「そう、そんなに守りたいなら、守ってみせなさいよ。この魔法を見ても、同じことが言えるならね!!」

パチンッ、とアクィラが指を打ち鳴らすと、ニーミの周囲に横たわる生徒や教師の体から、勝手に魔力が噴き上がる。

その異常事態に、ニーミはそれまでの余裕を吹き飛ばす勢いで叫んだ。

「っ!! 魔力暴走による無属性の自爆魔法!? そんな、この状態で……!?」

「貴女の魔法で縛られて、確かに私の命令は届かないけどね。私がそいつらに仕込んだのは洗脳魔法だけじゃないってことよ。いざという時、こうして合図一つで自爆させられるようにね」

ニーミは縛り上げた人々を守るため、彼らを自身の周囲に集めている。

そんな彼ら全員が、今や生きた爆弾と化した。

一発一発が屋敷の一つは吹き飛ばす威力を秘めた、百を超える爆発物の群れ。もはや、ニーミにも対処不可能だ。

否、ただ自分の身を守るだけなら、いくらでも打つ手はある。だが……今この瞬間に爆発しようとしている人達を全員守る手段は、ニーミにもない。

「貴女、そこまで……私一人を殺すために、そこまでするかぁぁぁ!!」

「あははは!! 私だってこんなことしたくなかったのよ？ その人間達にはまだ役に立って貰わなきゃならないこともあったから。でも仕方ないわよね？ 貴女がいつまでも抵抗するんだもの。貴女がいつまで経っても諦めないから、そこに転がっている人間共はこんな無様な最期を迎えることになるのよ。そう、貴女のせいでねぇ!!」

ついに余裕を失ったニーミに優越感を覚えたのか、アクィラは醜悪な笑みを浮かべる。

いずれにせよ、この学園の人間達は魔王復活のための生け贄《にえ》として殺すつもりだったのだが、ただただニーミを絶望させたいがために事実を捻じ曲げ、あたかもニーミのせいであるかのように語って聞かせる。

そして、今にも泣き出しそうな魔女に向け、無慈悲に告げた。

「さあ、その爆発物の中で、どれだけのものが守れるのか。私に見せてごらんなさいよ、〝最強〟さん？」

挑発され、悔しさに涙すら滲《にじ》ませながら、ニーミは周囲の人々の自爆魔法へと干渉し、必死に解除を試みる。

しかし、先ほどまでは操られた当人達が、操られているが故に不完全な制御で発動した魔法だったからすんなり解除出来たのだ。アクィラ本人が時間をかけ、一人一人仕込んだ魔法をこの一瞬で解除していくことは叶わない。

ほんの数秒もないタイムリミットの中では、目の前の一人を救うことすらギリギリで。絶望の中、アクィラの哄笑《こうしょう》だけが響き渡り――ついに爆発する、その瞬間。

学園中を、巨大な結界が覆いつくした。

「「なっ……!?」」

発動中だった全ての魔法がキャンセルされ、生徒や教員の洗脳も、ニーミが施した拘束も、その体を今まさに吹き飛ばさんとしていた自爆魔法すら綺麗《きれい》さっぱり消え失せる。

同時に、ニーミの周りに立っていたゴーレム達も例外なく魔法が切れ、倒れたが……たとえ魔法が解除されても形だけは保っているゴーレムと違い、洗脳や自爆の魔法は一度解除されてしまえば、そう簡単に再び同じ状態に持っていくことは出来ない。

あまりにも突然の事態に、ニーミでさえも開いた口が塞がらず……一転、それまでの優位をひっくり返されたアクィラは、半狂乱で頭を抱えた。

「何？　一体何なの、今の魔法は!?　こんな、こんなふざけた大魔法が使える人間がニーミ・アストレア以外にいるなんて、聞いてないわよ!?　まさか、これもラルフ・ボルドーが……!?」

「師匠が、どうしたのかしら？」

「っ!!」

ひとまず驚きから立ち直ったニーミが、杖を構える。

その全身から滲み出る魔力の圧に恐怖を覚えながら、それでもアクィラは対抗するように魔王杖を構えた。

「洗脳が解けたからって、いい気にならないことね!! 私にはまだ仲間がいるし、魔王杖もある!! そのボロボロの状態で、これまで最初から防戦一方だった貴女に果たして勝ち目が――」

「ああ、勘違いしているようだから教えておくけれど。私が反撃しなかったのは、別に防御と拘束で手一杯だったからってわけじゃないのよ」

「……どういう、意味かしら?」

コンッ、コンッ、とニーミが杖で地面を何度か叩き、くるくると踊るように振り回す。

一見無意味に見えるその所作は、魔法詠唱を省くための儀式動作。

ニーミの切り札たる大魔法を発動するための手順だった。

「貴女を確実に倒すためには、油断させたところを全力で叩くのが良さそうだったから。限界に見せかけて、ずっと裏で準備していたの」

ニーミの足下に、魔法陣が浮かび上がる。

同時に、それと全く同じ物が周囲の地面に、空中にと次々投影され、それは瞬く間に辺り一面を埋め尽くす勢いで増殖していく。

「何……何なのよ、この魔法は……!!」

魔法陣から現れたのは、騎士甲冑姿のゴーレム達。

ラルフとの戦いで利用していたのと同型のものを、軽く二百余り。

戦いの開始と同時、アクィラの干渉から守るために一度は自壊させたはずのそれらが、万全の状態で出現したのだ。魔王杖からの干渉を受けないよう、百パーセント己の魔力一つで造り上げた鋼鉄の騎士達が。

「さあ、畏れなさい」

空も、地上も、重力を無視するかのように隙間なくアクィラを取り囲んだゴーレム達を従えて、ニーミは謳《うた》う。

己の矜持を、守るべき民を非道な手段で貶《おと》しめようとした悪を断罪すべく、その〝全霊〟を懸けて。

「〝千軍総帥《アドミラルレギオン》〟、ニーミ・アストレア。王国最強の名の下に、貴女を粛清します」

㉓

「……何が、起きたんだ？」

オルガの闇魔法から俺とティアナを庇い、ソルドが闇に呑まれてしまった直後。辺り一面を結界が包みこみ、全ての魔法が解除された。

完全に死んだと思っていたんだろう、ソルド本人もきょとんとしているが、実際に魔法を無効化されたオルガの衝撃はそれ以上だ。

そして……そんな醜態を晒してしまっていること、それ自体もまた奴にとっては屈辱だったんだろう。ギリッと歯を食いしばり、再度魔力を練り上げた。

「この……だったら、もう一度やるだけだ‼」

先ほどの謎の結界は一瞬構築されただけで、すぐに崩壊してしまった。だから、次の一撃は問題なく発動し、再度ソルドを殺さんと迫りくる。

だけど……。

『させねーよ』

もう、遅い。

「ラルフ・ボルドー……貴様、何をした……⁉」

『さっきの結界の話なら、俺じゃないんだけどな。でも、お陰で助かったよ』

放たれた闇属性の魔力弾を空間属性の刃で弾き返した俺は、背後に魔法陣の光輪を背負ってソルドの前にふわりと浮かぶ。

さっきの結界、あと一瞬構築が早かったら俺の魔石生成すら妨害されてたし、あと一瞬遅かったらソルドが死んでた。……本当に、ギリギリのタイミングだったよ。

『ソルドも、庇ってくれて助かった。お前がいなかったら、あのまま負けてたよ。流石《さすが》は騎士団長……〝剣聖〟の子孫だ。お前みたいなのが子孫にいるって知ったら、あいつもあの世で鼻が高いだろうよ。……よくやった、後は任せろ』

「お、お前は……」

俺が剣聖の名を出したことに驚いたのか、ソルドが目を丸くする。

でも、今はそう長々と話し込んでる暇もないし、まずは目の前の敵をどうにかしないとな。

『ティアナ、いけるか？』

「うん、大丈夫。どうすればいい？」

『はは、ここまで来たら小細工なんか必要ない。……真正面から、力ずくで決める。お前の魔法で剣を作ってくれ』

「分かった」

ティアナが魔道具の力を借り、空中に作り上げたのは魔力で出来た一振りの剣。

何気に、ティアナが普通の物を作ったのって初めてだな……なんて、しょうもないことを考えながら。

俺は、《魔力零帰《ゼロリバース》》が込められた白銀の刃を失った左腕の代わりにくっつけ、同じように作り上げた空間属性の刃を右手に構えた。

「力ずくで、正面からだと……？　ふん、笑わせるな。今のお前の魔法など、俺には通用せん!!　その見かけ倒しの剣ごと叩き潰してやる!!」

これまで通り、体内で練り上げた魔力による身体強化と魔法耐性の鎧を武器に、オルガが突っ込んでくる。

口では大したことないと言いつつも一応の警戒はしているのか、走りながらも闇属性の魔力弾を次々と放ち、隙を作ろうとしているが……今更、その程度の牽制に効果などない。

左右の刃で魔力弾を斬り払い、拳を構えるオルガ目掛けて振り下ろす。

警戒しているとは言っても、自身の頑丈さには自信があったんだろう。強引にぶち破ってみせるとばかり、回避行動も取らないでいるオルガだったが——パッ、と。

肩口を斬り裂かれ、鮮血が噴き上がるのを見て取るや、その表情を驚愕に染めた。

「バッ……バカな⁉　俺の、魔族一の堅牢さを誇る体を斬っただと⁉」

『ん？　なんだ、お前が魔族で一番硬いのか。なら、これからは何が来ても問題なく倒せそうだな』

少なくとも、こっちの攻撃が通じない相手はいないってことだからな。

もっと厄介なのはたくさんいるのかもしれないが、ダメージを入れられるなら必ず勝ち目はある。

「この……舐めるなよ‼　俺の全力はこんなものじゃない‼」

オルガが全身から魔力を噴き上がらせ、より濃密な闇の魔力で自身を包みこむ。

体内から作用する身体強化に加えて、外側にも魔力を纏うことで更に防御力を高めようっていう腹なんだろう。

確かに、それなら更に物理的に硬くなるのは間違いない。

でも、俺相手にそれをするのはハッキリ言って悪手だ。

『それくらいじゃ変わらねーよ』

再び俺が二刀を振るうと、ティアナの作った刃が更に強化されたオルガの守りを全て引き剥がし、俺の刃がその本体をバターのように斬り裂く。

今度は流石に自身の力を過信しなかったのか、咄嗟《とっさ》に回避行動を取られて浅い傷しか付けられなかったが、まあ問題あるまい。

「なぜ、なぜだ……なぜこうもあっさり俺の守りを斬り裂ける⁉」

『教えてやる義理もないんだが、そうだな。さっき洗脳の種明かしをベラベラ喋ってくれたお礼に教えてやるよ。つっても、そう難しい話じゃないけどな』

俺の空間属性の刃は、どれだけ〝物理的に〟硬い物だろうが斬り裂くことが出来る、絶対切断の刃。

ティアナの作った無属性の刃は、どれだけ〝魔法的に〟硬い守りだろうが無効化することが出来る、退魔の刃。

この二つを組み合わせれば、理論上は相手がどんな魔法で守りを固めようが、どんなに頑丈な体を持っていようが、ぶった斬ることが可能だ。

だが、俺がオルガの取った手段を悪手だと断じた理由は別にある。

『お前、ここに来るまでほとんど自分の体内でしか魔法を使わなかっただろ？　それが、ティアナの魔法で動揺して、山ほど外に魔力をぶちまけた。これだけあれば、俺が利用出来る』

「なっ⁉　し、しまった‼」

やはり、最初はそれを警戒していたのか、自身の失態を後悔するように顔を歪めるオルガだったが、一度放出した魔力はもう戻らない。

加えて、今の俺はティアナの魔力を自分の魔力として自由に使える状態だ。今なら転生直前に行っていたやり方……自分の魔力を核として、他人の魔力を付随し強化する魔王の技も万全に使える。だから……。

『見せてやるよ。お前達の魔王を封印した、俺の〝全力〟を』

俺の周囲に、オルガから奪い取った闇属性の魔力を使った漆黒の短剣を無数に生み出し、雨のように叩きつける。

身体強化だけで防ぐのは不可能だと思ったのか、またも魔力を放出して自身を守る鎧としているが、それと漆黒の短剣がせめぎ合い、撒き散らされた魔力さえも、俺が再び回収して新たな短剣として再生成出来る。

オルガの魔力が尽きるまで、無限に続く攻撃の連鎖。相手も同じように魔力の再利用を行う術を持たなければ、勝負の土俵にすら上がれない悪夢のような魔法。

『そして……お前が軟弱な連中と笑い飛ばしたティアナの、みんなのお陰で身に付けた、俺の新しい力……〝俺達の〟魔法を!!』

漆黒の短剣でオルガを足止めしながら、俺は左右の剣を一つに纏め、融合させる。

複数の魔法を一つに纏めるのは魔道具の力なしじゃ難しいだなんて話をティアナとリルルがしていたが、今の俺なら自力で実行可能だ。

「なんだ……なんだ、その魔法は⁉」

そうして完成したのは、天を衝かんばかりに巨大化した一振りの大剣。

空間の歪みを纏った白銀の剣身がゆらゆらと揺らめき、まるで陽炎のようにハッキリと視界に捉えられないある種不気味な形になったが、まあ見た目なんざどうでもいい。

重要なのは……目の前の魔族をぶっ倒す力があるかどうかだ。

『根性見せろよ、じゃなきゃ死ぬぞ』

ニヤリと笑い、剣を振り下ろす。

不安定な外見とは裏腹に、確かな圧力を伴い迫る俺の新たな切り札に、オルガは全力で魔力を振り絞った。

「う、うおぉぉぉぉ!! 《暗黒爆裂衝《ダークネスバースト》》ぉぉぉぉ!!」

俺の挑発……というより、魔法の圧力に屈するように、全身全霊の魔法を放つオルガ。

解き放たれた漆黒の波動に対し、俺とティアナの力を合わせた複合魔法は正面から激突し——一瞬の拮抗すら生むことなく、それを斬り裂いた。

『複合魔法——《魔空切断《ディメンジョン・ゼロ》》!!』

漆黒の魔法を打ち破った剣は、魔力を絞りつくして無防備となったオルガへと迫る。

既に魔力を使い果たした奴に、これを防ぐ手段なんてあるはずもない。

白銀の陽炎に呑み込まれたオルガは大きく吹き飛び、近くの木へと叩きつけられた。

「は、ははは……これが、大賢者の力……魔王様を、封印してみせた男の……魔法、か……」

もはや笑うしかないとばかり、空を仰ぎながら呟《つぶや》いて——そのまま、オルガは意識を手放してその場に倒れ伏すのだった。

どうにか魔族のオルガを打ち倒した俺達だったが、まだ事件は終わっていない。

ニーミを襲っているというオルガの仲間のことも気になるし……洗脳された学園の人達のことも放置は出来ない。

後者はあの謎の結界魔法で無効化された可能性は十分あるんだが、ニーミの状況は本当に掴めないし、早く助けに行かないと。

『ティアナ、無事か？』

「うん、大丈夫……」

とはいえ、こっちも今の戦いでかなりいっぱいいっぱいだ。特に、俺が即席で編み上げた複合魔法のために消耗したティアナの魔力が大きすぎる。

それまでの戦いでも、圧倒的格上のオルガ相手に無理させちまったし……魔力枯渇の初期症状まで起こした今のティアナに、これ以上の戦いは無理だ。魔石を通じて魂を通わせた今、言葉を介さなくてもそれが分かってしまう。

ソルド達も放っておけないし……本当に、どうしたものか。

『っ……何か来る、ティアナ、警戒しろ！』

「う、うん……！」

悩んでいると、すぐ近くに魔力の反応を感知した。

転移系の空間魔法陣。そこから感じる魔力量は、間違いなくオルガと同レベル。

この状況でまともに戦えるかは分からないが、やれるだけやるしか……！

「っ、はあ、はあ……!!」

「えっ……あ、あなたは……」

『ニーミ⁉』

敵がやって来るものと思い、転移魔法陣の前で身構えていた俺達の前に現れたのは、なんとボロボロのニーミだった。

体中裂傷と打撲で傷だらけの彼女は、俺達とその近くで横たわるオルガの姿を見て、ぎょっと目を剥く。

「そいつ……まさか、あなた達がやったの？」

「は、はい、一応……」

『どうにかな。でもそれより、お前は大丈夫なのか？』

早く手当しないと、と声をかける俺に、ニーミは少しだけ考える素振りを見せ……凄まじい勢いで、俺に縋《すが》りついて来た。

「師匠、助けてください!!　私は今、私の姿に化けた魔族に追われているんです!!」

『はい⁉』

そのあまりの勢いと思わぬ発言に驚いていると、ニーミの背後から新たな転移魔法陣が現れる。

そこから降り立ったのは、確かにこいつの言う通り、ニーミと瓜二《うり》つの姿をした人物だった。

「全く、あの包囲網を破って逃げ出すなんて、しぶといわね。とはいえ、この距離を転移するので限界だったんでしょう？　もうここまでです。魔族が貴女とそこに転がっているオーガだけで全てなはずありませんし、力ずくでふん縛って洗いざらい吐いて貰いましょうか……」

「ひっ……⁉」

怒りに染まった膨大な魔力を吹き散らしながら、二人目のニーミが聖石の杖を掲げる。

こっちはこっちで体中傷だらけでボロボロなんだが、丸腰の相手でも容赦ないその姿と圧力は、まさに悪鬼羅刹の如し。魔族が化けた姿だと言われたら誰もが確かにと納得してしまうだろう。

「師匠！　師匠なら、あんな魔族も簡単に倒せますよね？　お願いします！」

『……何がなんだかよく分かんねーけど、仕方ないな』

請われるままに、俺はニーミとニーミ（？）の間に進み出る。

ふわりと浮かぶ俺の姿に、ティアナはどうすべきか分からず、戸惑うように視線を巡らせ、対峙するニーミはピクリと眉根を寄せた。

「……邪魔をするなら、あなたも焼きますよ」

『おー怖い怖い、じゃあ焼かれる前にさっさと済ますか』

そう言って、俺は素早く魔法を発動、目の前に魔法陣を展開する。

何が来ても対処出来るよう、ニーミが杖の先に魔力を込める一方で――

「ぷぎゃあ⁉」

・・・・

俺の後ろで発動した空間属性の魔力弾がニーミ（?）を撃ち抜き、吹き飛ばす。

完全に予想外だったんだろう、ロクな防御も出来ずゴロゴロと地面を転がっていったニーミ（?）は、そのままこてりと気を失い……本来の姿であろう、サキュバスの女へと外見を変えた。

『外見も、魔力の質すら完璧にコピーするなんて大した変身魔法だけど……肝心の演技がなっちゃいねーな。うちの弟子は、多少不利になったくらいで俺に頼るほど、素直で可愛げのある性格してねーよ』

魔力が限界だったから不意打ちしたんだが、予想以上に上手くいったな。

まあ、こいつが不意打ちされたことに気付くのも、見破られた理由を知るのも、全て終わった後になるんだが。

「師匠……」

そんな俺を見て、ニーミが魔力を霧散させながら呟《つぶや》く。

敵対の意志を放棄し杖を降ろした姿を見て、俺はほっと胸を撫でおろした。

『ああ、お前のお師匠様、ラルフさんだよ。やっと信じてくれたか?』

正直、俺が偽ニーミの前に立った時、諸共に吹っ飛ばされるんじゃないかって結構冷や冷やしてたんだ。

でも、どうやらその心配は杞憂だったようで、ニーミはゆっくりと俺の下に歩み寄って来る。

「……ゴーレム越しに戦っていた時、ずっと懐かしい感じがしていたの。もしかしたら、本当に……って期待も、どこかにあった」

顔を俯かせ、目の前に立ったニーミがポツポツと語る。

偽ニーミを威圧していた時の迫力はどこかへ消え、一回り小さくなった体でゆっくりと顔を上げた。

「だから……もし本当に師匠だったら、一つだけ言おうと思ってたことがあるんです。……聞いてくれますか？」

『ああ、なんだ？』

どんな言葉でも受け止めようと、俺が何の気なくそう答えると、ニーミはふっ、と笑みを溢《こぼ》し……。

「こんの、バカ師匠ぉぉぉぉぉぉ!!」

『うぎゃあああああ!?』

手にした杖を振りかぶり、俺を思い切り殴りつけた。

ポーン、とボールのように飛んで行った俺の姿をニーミは肩で息をしながら見送り、後ろで見ていたティアナは大慌てで声を上げる。

「ラ、ラルくーん!?　ニーミ様、何をしてるんですか!?」

「これくらい、弟子として当然の権利です!!　あれから、何年経ったと思ってるんですか!?

三百年ですよ三百年、普通の人間だったら親になって孫も生まれてを繰り返して軽く九世代くらい飛んでますからね⁉　分かってるんですか⁉」

『わ、悪い、本当に悪かったって……』

地面に転がった俺を掴み上げ、ぶんぶんと振り回しながら激怒するニーミへ、俺はただただ平謝りを続けることしか出来ない。

うん、本当、出来ることなら死んだ後すぐに転生したかったよ。でも本当に転生魔法なんて初めてだったし、まさか三百年も飛ぶとは思わなかったんだ。しかもこんな姿でさ。

「……俺一人で、魔王をぶっ倒してみせるって……心配するなって、言ってたのに……」

俺を揺さぶるニーミの手が緩んだかと思えば、ポタポタと涙が溢れ落ちて来た。

ティアナがいることも忘れ、子供のように泣きじゃくるニーミは、そのまま俺の体を抱き締める。

「師匠が、死んで……私、ずっと、一人で……三百年も……う、わぁぁ……!!」

『……本当に、ごめんな。それから……』

残された腕でニーミの頭をひとしきり撫でて落ち着かせると、その顔を上げて真っ直ぐに向き合う。

涙でぐしゃぐしゃになったその顔に、俺は精一杯明るい声で……昔と同じように、あの頃と同じ言葉をかけた。

『ただいま、ニーミ。言った通り、ちゃんと帰って来ただろ？　だから泣くな』

「ぐすっ……はい……おかえりなさい、師匠……」

ようやく笑顔を見せてくれたニーミに、俺もまた懐かしさを覚えながら――

こうして、魔法学園を襲った魔族達による襲撃事件は、一旦の終息を見るのだった。

エピローグ

ニーミとは色々と話したいことがあったが、学園全てを巻き込む大事件の後始末があるということで、その場は一旦別れることになった。

俺達としても、学園中のほぼ全ての人間が操られたとあっては、レトナやリルルがどうなったのか気になるし、倒した魔族達の拘束はニーミに任せ、みんなの安否確認をすることに。

「我ながら、情けないですわ……！　いくらフェルミアナ先生に呼び出されたからと、何の警戒もせずあっさり操られるなんて……！」

そんな中、まず最初に例の結界のお陰で洗脳が解けたらしいレトナを見付けたんだが……ほっとしたのも束の間、詳しい事情を説明するなり、思い切り泣き出してしまった。

学園の危機に何も出来ないどころか、むしろ加担する形になってしまったのが悔しいらしい。

たとえ、自分の意思じゃないにしても。

「仕方ないよ、レトナは一年生の中で一番魔法が上手だもん。魔族さん達もきっとレトナが怖かったんだよ」

「うぅ、だとしても……！　リルルさん、それにベリアルさんも、ご迷惑おかけしましたわ……」

ティアナに慰められながら、レトナは自らが攻撃してしまったというリルルとベリアルの二人に頭を下げる。

それを受けて、リルルは問題ないとばかりに笑い出す。

「大丈夫っすよ！　オイラはこの通り、怪我したって言ってもほぼ自分で自爆した分だけっすし、何よりレトナ様に追い詰められたお陰で、人生初の大魔法発動に成功したんすから！　もう最高っすよ！」

どうやら、あの結界を作った犯人はリルルだったらしい。意図的に魔法銃を暴発させることで、一瞬だけ限界を超える出力を発揮させたみたいだな。

お陰で助かったのは確かだが、それ、一歩間違うとリルル自身が魔力爆発で木っ端微塵だったんだが……うん、この様子だと、その可能性を分かった上で断行したな。凄いけど、見習ったらダメなタイプだぞ、こいつ。

「うむ、レトナ様が気に病む必要はない。だがリルル、お前は少しくらい気にしてくれてもいいのではないか⁉　お前の無茶振りに応えた結果、俺はこの様なのだが⁉」

歓喜に震えるリルルへと水を差すのは、レトナの魔法で黒焦げアフロの全身包帯ミイラ男と化したベリアルだ。

運良く洗脳を免れた後、体を張ってリルルを守ってくれたそうで……何気に今回の事件における最高の功労者だな。リルルの魔法がなかったら、俺達は魔族に負けてただろうし。

「あははは、ベリアルさんにも感謝してるっすよ。何なら、オイラの助手にならないっすか？　給料高くしとくっすよ？」

「絶対に断る!!」

不退転の意志と決死の覚悟を込めて叫ぶベリアルに、大袈裟だと思いつつも少しばかり同意する。

リルルの魔法に関する暴走ぶりは、今回の件でよく分かったからな。出来れば俺だって遠慮したくなるくらいだ。

……そういえば、俺の体を実験台にする約束、まだ果たしてなかったな。なんか怖くなってきたんだけど、どうしよ。

「うぅ、お二人とも、ありがとうございます。ですが、やはりファミール家の娘として、このままでは示しが……」

「ふん、いつになく弱気ではないか、ファミール」

落ち込むレトナに声を掛けたのは、意外なことにソルドだった。

途中でかき消されたとはいえ、一度は魔法に呑まれて死にかけたからだろう。その体はベリアルに負けず劣らずボロボロだが、最後の意地とばかりに胸を張っている。

「あの洗脳には、この俺ですら抗えなかったのだ。貴様に抵抗など出来るはずないだろう。いちいち落ち込むな、鬱陶しい」

つっけんどんな態度ながら、どことなく不器用な優しさを感じるその言葉に、レトナはしばしぽかんと口を開け……ぞぞぞっと、悪寒を堪えるように背筋を震わせた。

「えっ、なんですの？　まさか貴方、言うに事欠いて私を励まそうとしていますの？　気味が悪いですわ。洗脳されてどこかおかしくなりまして？」

「貴様ぁぁぁ!! 人がたまに優しくしてやったのに、なんだその言い草はぁぁぁぁ!!」

「どこが優しいんですの⁉ そのどこまでも上から目線な言い方、嫌みにしか聞こえませんわ!! 励ます気があるなら、まずはその偉そうな態度をどうにかしなさいな!!」

「なんだと⁉ そもそもお前が操られたのが悪いというのに、なぜへりくだらなければならん!!」

「へりくだれなんて誰も言ってませんわ!! 貴方は上下でしか物事を判断出来ませんの⁉」

ぎゃあぎゃあと、元気良く言い争うソルドとレトナ。

前はギスギスしててどうしたものかと思ってたが、ここまで来るとこれはこれで仲が良いんだろうかと思えて来るな。

ただ、やっぱりそれをよしとしないのがティアナだ。

「二人とも、今は喧嘩《けんか》している場合じゃないです！ みんながちゃんと無事かどうか確かめなきゃ！ ラル君の腕も取れちゃってるし！」

「うぐ……」

「そ、そうですわね」

至極真っ当なティアナの指摘に、二人は大人しく矛を収める。

これじゃあ誰が上位か分からないな。俺の腕については、ぶっちゃけ俺自身も忘れかけてたんだが。

「それについては、ご心配には及びません」

「うおっ、なんだ⁉」

騒いでいるところに、音もなく突然現れたのは、レトナの専属メイド……いや、今は学園の専属料理人兼用務員であるシーリャだった。

初めて遭遇するソルドが驚きの声を上げるのを余所に、シーリャは淡々と話し続ける。

「私が確認したところ、この学園の生徒教員、及び用務員事務員などの臨時就労者、客人全員の無事を確認致しました。怪我人は多数出ておりますが、死者は一人もおりません」

「それは良かったですけれど……シーリャ、その怪我はどうしましたの⁉」

そんなシーリャへと、レトナは慌てて駆け寄り、治癒魔法をかける。

そう、シーリャがそれだけの調査を一人でやってのけたことに驚きたいところだが、それ以上に体中ボロボロなのが問題だ。

特に手足ばかり酷い有様で、一体何があったのかと心配するレトナに、シーリャは問題ないと手で制する。

「これは此度の事件が発生した際、私も操られそうになったことを自覚しましたので、一時的に行動不能とするために自ら傷付けたものです。今は治癒しておりますので、問題ありません」

『いや、操られそうになったことを自覚するってどういうことだよ……』

普通、気付いた時にはもう手遅れなんだが。

しかも仮に気付いたとして、そこから躊躇《ちゅうちょ》なく自分の手足を全部使えなくするって……いや、もう何も言うまい……。

「肝心な時に何も出来ないメイドで申し訳ございません。お仕置きですか？」

「シーリャで何も出来てなかったら、私なんて邪魔しかしてないじゃありませんの……ともあれ、貴女も無事で良かったですわ。ありがとうございます」

「お嬢様……もったいなきお言葉です」

なぜかお仕置きを所望するシーリャをレトナが宥《なだ》め、主従の絆《きずな》を確かめ合うように笑顔を交わす。

……今のやり取りで、レトナの中にあった自責の念が綺麗《きれい》さっぱりなくなったな。流石《さすが》はシーリャ、心遣いが完璧過ぎる。

一方、完全に役割を取られたソルドはと言えば、若干拗《す》ねた表情で口を尖らせていた。

そんなソルドに気付いたレトナは、ふんと鼻を鳴らす。

「ソルド、貴方も……一応礼は言っておきます。ティアナを守ってくれたようですし」

「……ふん」

いまいちぎこちないが、一応の和解……と言えるんだろうか？

ともあれ、こいつらはこいつらで何かしらの決着がついたなら、それに越したことはない。

「………」

『ん？　どうした、ティアナ』

そんな中で、ティアナはどこか憂いを帯びた表情で、気絶した魔族達の姿を眺めていた。

俺が話しかけると、それに気付いたティアナは魔族達に目を向けたまま口を開く。

「ねえ、ラル君。あの二人、これからどうなるのかな？」

『……さてな。ひとまず、他によからぬ企《たくら》みをしてる魔族がいるかどうか尋問されて、その後は……』

多分処刑されるだろう、とは、口にはしなかった。

それでも、ティアナは言葉にしなかった内容まで予想出来たんだろう。悲しげな表情で俺の体を抱き締める。

「魔族の人達とは……仲良く、なれないのかな……」

『ティアナ……』

その言葉で、俺はようやくティアナの言っていた「誰とでも仲良くなりたい」の中に、魔族すら含まれていたことに気が付いた。

そうだよな……本来、人と相容れないはずだった魔物のアッシュにすら手を差し伸べて、友達になっちまうくらい優しいティアナだ。いくら極悪な魔族だからって、本当は戦いたくなかったんだろう。

「ずっと、何百年も争い続けてるってことは、私も勉強したから知ってるんだ。でも、だからって……このままどっちかが滅びるまで戦い続けるなんて悲しいし……だけど、どうすればいいのか……」

『なあティアナ、エルフとか獣人って、今この王国に住む人間とどういう関係だ？』

「……？　どうって、普通に仲良しさんだよ？」

『それな、俺からすると結構驚きなんだ。俺の暮らしてた三百年前では、魔族もエルフも獣人も、みんな王国の憎むべき敵だったからな』

「えっ……えぇ⁉」

俺の言葉に、ティアナは驚愕のあまり目を見開く。

まあ、その三種族の中でもエルフとは多少交流もあったんだが、あの頃は獣人も魔族も大して変わらない脅威として認識されていたのは確かだ。

『そんな獣人やエルフとだって、今は仲良くなれてるんだろ？　今日明日に全部ひっくり返ることはないかもしれないが、諦めなければきっといつか、魔族とだって仲良くなれる日が来るよ。俺が保証する』

「ラル君……えへへ、ありがとう。私に何が出来るか分からないけど、がんばるね！」

笑顔を取り戻し、俺の体を抱き締めるティアナを、そっと腕で撫でてやる。

俺も、ティアナのこの真っ直ぐな心根が歪まないように、ちゃんと見守っててやらないとな。

「ところでラル様、言い忘れておりましたが、ニーミ様から伝言を預かっております」

『伝言？』

そんな風に、俺とティアナが二人だけで静かに喋っていると、レトナとの会話を終えたらしいシーリャが話しかけて来た。

ニーミから伝言って一体なんだ？　と首を傾げる俺に、シーリャは無駄にリアルなニーミの声真似《こえまね》と共にその内容を口にする。

「『言い忘れていましたが、可愛い弟子を三百年も放置したこと、まだ許したわけではありませんから。明日会う時までに、精々良い言い訳でも考えておいてください』とのことです」

『…………』

その声真似のせいか、背後に鬼を背負いながら笑顔を浮かべるニーミの姿がありありと思い浮かぶ。

リルルの実験もまだ終わっていないところへ、更に積み上がる死亡フラグの山を思い……まだ魔族と戦ってた方が安全だったのでは？　と、俺の頭にロクでもない現実逃避が過るのだった。

◇

『ごめんなさい』

事後処理が終わり、ついに今日、ニーミとの話し合いの場を設けられた俺は、ティアナと一緒に学長室を訪れ……中に入ると同時に、全力の土下座を敢行した。

シーリャの手で縫い直された両腕をぴっちりと揃え、完璧な角度で行われたそれは、まさに究極の土下座。かつて怒れるニーミを鎮めるため研究に研究を重ねた奥義とも言える技を、ついに解禁する。

決まった、と確信を抱く俺に対し、ニーミは……深々と溜息を溢《こぼ》す。

「師匠……前々から思ってたんですけど、謝ればそれで済むと思ってませんか？」

『そんなことはないぞ!!　俺は心から反省しているッ!!』

「具体的に、何が悪いと思ってるんですか？」

『それはほら、あれだよ……大見栄切っておいて魔王にあっさり殺された挙句、転生に三百年も掛かったこと？』

「他は？」

『……えっと、転生してから実際にこうして会うまでに何ヶ月もかかったこと？』

「他は？」

『……三百年前にお前が冷凍室に後生大事に残してた甘味を間違えて食べたこととか？　……ふごぉ⁉』

怒られそうな事柄を思いつく限り並べていたら、ニーミの指先から突如放たれた魔力弾で額を撃ち抜かれた。痛い。

「ラル君、大丈夫⁉」

『大丈夫……けど生身だったら普通に怪我してるところだ。危ないじゃないか、ニーミ』

「全く反省の色が見えないのは気のせいですか？」

『気のせいだ』

文句を言ったら睨《にら》まれたので、再度土下座する俺。

そんな俺の前までやって来たニーミはむんずと俺の体を掴み上げると、思い切り揺さぶり回しながら内なる不満をぶちまけた。

「あのですね、私だってあの状態から魔王に完勝出来るなんて信じてませんでしたよ‼　もしかしたら師匠なら、って期待がなかったわけじゃないですけど……転生にしたって、そもそもが前人未到の領域なんですから、こうして成功してるだけで十分奇跡です‼　だからって三百年は長すぎますけど、それでねちねちといつまでも怒ったりしません‼」

『じゃあ何を怒ってんの⁉　あと、そんなに振り回さないでくれ、目が回る……』

「やっと学園で再会出来たのに、なんで会ったその時に言ってくれなかったんですか⁉　なんで何日も何日もわざわざ正体明かすの引き延ばして、結局私が力ずくで暴きに行くまで黙ってたんですか⁉」

『いや、それに関してはだな、お前が三百年前と大分雰囲気が変わって驚いたのと、思いっきり杖突き付けられたから、下手するとこのまま変なこと言ったら焼かれるんじゃないかって勇気が持てなくて……後、三百年も経ってるならあと少しくらい大して変わらないだろってぐえっ』

「変わります‼　全ッ然変わりますから‼　それと、もし私が相手の話も聞かずにいきなり焼却するほどデンジャラスな女に見えてるんだとしたら、それは師匠の教育の賜物です‼　修行も途中だったのにいきなり死んで、空白になった最強魔導士の座を弟子だからって理由で私が継ぐことになったんですからね⁉」

『やっぱり三百年放置したこと怒ってないか⁉　それと、俺の体を握り潰すのやめて、流石に苦しい……』

「怒ってません‼」

ぎゃあぎゃあと、ここに来た目的も忘れて騒がしく喧嘩する俺達。いや本当、何しに来たんだっけ？

そんな俺達を見て、不意にティアナがくすくすと笑い始めた。

ピタリと喧嘩を止めてティアナを見る俺達へ、幼い少女は「ごめんなさい」と目尻を拭う。

「ニーミ様、本当にラル君のこと大好きなんだなって、なんだか嬉しくなって。生きてるなら、一日も早く会いたいって思うくらい」

「なっ……‼」

ティアナの無垢な感想に、ニーミはボンッと顔を赤くする。

照れてるのか？　可愛い奴め。なんて思ってニヤニヤしていた俺を思い切り睨みつけたニーミは、そのまま優しげな……それでいて有無を言わさぬ表情でティアナへと迫る。

「ティアナさん？　私はただこのロクでなし師匠にお灸《きゅう》を据えたかっただけで、別に好きとかそういうのじゃないですからね？」

「でも、三百年もラル君のことずっと覚えてて、良いところいっぱいみんなに伝えて来たんですよね？　ラル君にだってダメなところいっぱいあったのに、それはほとんど隠して。ラル君のこと好きだったから、みんなにも好きになって欲しかったんじゃないんですか？」

「それは、その、王国には英雄が必要だったし、出来るだけ良い印象で埋めておいた方が、それだけの聖人が遺した国として国民も団結出来るかと……」

「でも、それだけの理由ならニーミ様が英雄として立つことも出来ましたよね？　民の中にもそれを望んでる人はいましたし。それに、ラル君のことが嫌いなら、どうして学園にはこんなにラル君の像がいっぱいなんですか？　この学園自体は、ラル君と何も関係ないんですよね？」

「そ、それは……」

ティアナの情け容赦一切ない追及の嵐に、ニーミは全身から嫌な汗を流しながらあちこちに視線を彷徨《さまよ》わせる。

残念だったなニーミ、この歳で魔王の魔力にも、魔族にも一歩も引かずに立ち向かった子にその程度の威圧は効果ないぞ。しかも本人にはニーミを虐めている意思なんて欠片ほどもなくて、ただ純粋に疑問に思ったことを口にしているだけっていうのがどうしようもない。

それに、俺としてもどうしてそこまで俺を立てようとしてくれたのかは気になるところだったので、ティアナと一緒になってニーミをじっと見つめていると、軽くひと睨みで黙らされた。

うん、ティアナには余裕でも、俺にはこの威圧は耐えられないわ。

「……まあ、その……師匠はこの通りロクでなしで、言いたい文句は山ほどありますけど……それでも、師匠ですから。尊敬していますし、その……好きです、よ」

「えへへ、ですよね！　それなら私と同じです、私もラル君のこと大好きですから！」

諦めたのか、照れて真っ赤に染まった顔のまま、絞り出すような声で告げたニーミに、ティアナは満足気な笑みと共にそう答える。

そんなティアナと俺に、ニーミは慌てて声を上げた。

「か、勘違いしないでくださいよ、あくまで魔法使いとして、師匠として、ですからね!!」

『それでも嬉しいよ、ありがとなニーミ。俺にとっても、お前は世界一の自慢の弟子だ』

俺が魔王と相打ち同然に倒れた後、三百年もこの王国を守り抜いたんだ。ハッキリ言って、俺なんかとは比べ物にならない、本物の英雄、偉大な聖人だよ。

こんな奴に、少なくとも師匠としては好かれていたんだとしたら、それはすげえ光栄なことだ。

「っ〜〜ああもう、そんなことはいいんです！　それより、これからの話をしましょう」

耐え切れないとばかりに叫んだニーミは、自身の椅子に座り直す。

真面目な空気を出すために真剣な表情を浮かべているが、未だ羞恥が抜けないのか顔が赤いままなので、いまいち締まらない。

そんな俺の温かい視線に気付き、またもニーミは鬼の形相で睨みつけて来た。やっぱ怖いぞ、うちの弟子。

「さて……それでは師匠、私と別れた後の、詳しい話を聞かせて貰えますか？」

『ああ、そうだな、じゃあ魔王との戦いの話から……』

いい加減ふざけていたらニーミに焼かれそうだったので、大人しく俺の事情について話して聞かせる。

魔王との戦いにおける俺の最期、気が付いたら三百年後で、ティアナに拾われたこと。そして、一度は負けた魔王にリベンジを果たすために、ティアナと一緒に元の力、そして普通に日常を過ごせる体を取り戻すべく動いているということを。

『この体から魔王の気配がしたっていうのも、そのせいだな。ガルフォードが利用してた魔王薬の力を使って、俺専用の魔石を作ったんだ』

「なるほど……敵、というか自分を殺した相手の力すら利用するなんて、師匠らしいというかなんというか。それに、いくら転生魔法を開発した当事者だからって、魂と魔石を接続するなんて、どれだけ危険な橋を渡るんですか……」

しかも、と、ニーミはティアナへ目を向ける。

その視線の意味を図りかねて首を傾げるティアナを見て溜息を溢したニーミは、今度は俺へ少しばかり咎めるような視線を向けた。

「自分だけじゃなく、その子まで巻き込んで……失敗したらどうするつもりだったんですか」

『やらなきゃ殺されるところだったからな。とはいえ、俺もティアナを巻き込んだのは悪いと思ってる』

俺個人だけでも危ない橋を、ティアナにまで渡らせた。それについては、責められても仕方ないと思ってる。

「あ、あの、私は大丈夫です！　ラル君を信じて、やって欲しいって言ったのは私ですから！」

微妙な空気を感じ取ったのか、ティアナがニーミへと声を上げる。

それを聞いて、尚《なお》もニーミは厳しい眼差しを崩さない。

「本当に、魂の接続がどういうことか分かって言っているの？　それは、ただ魔力を譲渡するだけの関係じゃない。文字通りの一心同体になるということよ。お互いの命をお互いが握り、いつでも相手を殺せる状態。それでいて、もし片方の魂に何かあれば、もう片方も決して無事では済まないのよ」

先ほどまでと違い、学園長としての風格と口調でニーミは語る。

今更それを言ったところで、もう接続の解除なんて出来はしない。それでも教師として、ティアナの覚悟が本物かどうか問う彼女に対して、ティアナは……。

「大丈夫です、私はラル君を信じます。私の故郷を守ってくれたラル君を。そして……落ちこぼれだった私に魔法をくれて、相棒だって言ってくれたラル君を」

一切の迷いも憂いも見せることなく、笑顔でそう答えた。

その真っ直ぐさに、一瞬だけ目を見開いたニーミだったが、すぐにふっと笑みを浮かべ……敵わないとばかり、肩を竦《すく》める。

「やれやれ、それじゃあ私からはこれ以上何も言えないわね。とはいえ、戦闘中に無理矢理繋いだ魂では何か問題が起きていないとも限らないし、私が紹介する魔法医師の診察はちゃんと受けなさい」

「はい、分かりました！」

「よろしい。それで、師匠……その子の魔力を得たことで、現時点で既に全盛期の力はほぼほぼ振るえると思いますけど、まだ上を目指すんですか？」

ティアナとの話は終わったのか、気安い口調で俺に問いかけるニーミ。

それに対する答えは、決まってる。

『当然だ、俺はいつだって強くなるために生きてるからな。そうでなくとも、今回の件は魔族の連中が魔王を復活させるために仕組んだんだ。それも、あの頃よりも強力な魔王として復活させようとしていた。全盛期の俺じゃ相打ちが限界だった相手が更に強くなるかもしれないんだ。全盛期そのままの俺で挑むなんて、愚かな真似するわけにはいかないだろ』

「出来ればそこは、魔王と戦う前提にはしないで欲しいんですけど……最悪を想定するなら、強くなるに越したことはないですね。それに……」

話すべきか迷ったのか、ニーミは一瞬だけ言い淀む。

しかし、黙っていても仕方ないと判断したのか、すぐに続きを話してくれた。

「あの女魔族、アクィラと言いましたか。あいつが師匠のいる場所まで転移した際、私から奪った魔王杖を持っていませんでした。恐らく、自分を逃がすのとは別に、更に遠くへと強引に転移させたんでしょう。追跡も失敗しましたから……今頃は、他の魔族があの杖を回収しているかもしれません」

『おいおい、それまずいんじゃないか？』

「ええ。魔王杖は、魔王の力が込められた過去の遺物。あれを使われれば、師匠が施した封印が解除されてしまう可能性があります。もちろん、そうならないために私も全力を尽くしますが……もしそうなった時のために、師匠が確実に魔王を倒せる力を手に入れておいて貰えると、私としてもありがたいです」

ですので、と、ニーミは机の中から一枚の封書を取り出した。

煌《きら》びやかな装飾の施された、平民どころか下級貴族のティアナにとってもとんと縁のないそれに押された封蝋には、魔法陣の基本たる五芒星をモチーフにした紋。

王家を示す紋章が描かれていた。

「師匠とティアナさんには、王城で開かれる舞踏会に参加していただきます。そこで、彼の方に拝謁してください」

「彼の方……？」

誰のことか、薄々勘付いてはいるのだろう。まさか、と言わんばかりの表情で問うティアナに、ニーミは「ええ」と一つ頷く。

「かつて、何もない不毛の大地にてたった一つの魔法で町を作り、多くの人々を纏め導いたとされる初代聖人。その血を歴代でも最も色濃く受け継いだ現国王――〝創造の聖王〟アヴァロン陛下。彼ならば、師匠の新たな体を作り、更なる力を得るための助けとなってくれるはずです」

ニーミのその発言にティアナも……そして俺自身もまた、驚愕のあまり開いた口が塞がらない。

こうして俺達は、ニーミの提案によって王城で開かれるパーティに出席し……この国の王へと会いに行くことになったのだ。

『史上最強の大賢者（以下略）』初期設定画を大公開！

みなさまのおかげで２巻発売！　ラルフとティアナの仲間も増えてきました。ということで、初期設定画とともにあらためて主要キャラを紹介したいと思います！（担当）

ラルフ・ボルドー

ついに全盛期の力を取り戻したラルフ。なんと初期設定では眼帯にキセルを咥えているという、超ワイルド仕様（笑）。色も数パターン候補があったのですが、最終的には白とブラウンに落ち着きました。人間だったころの姿も気になるところです。

ティアナ・ランドール

なんだかどんどん格好良く、かわいくなっていますね。表紙のドヤ顔ティアナは編集部でも大人気です！　ティアナも初期設定からは結構変わりました。髪の毛も短く、魔法少女的な服の案もありました。どれもかわいいですけどね！

レトナ・ファミール

今巻ではアキュラの洗脳魔法にまんまとかかってしまったレトナ。相当悔しがっているはずなので、次巻以降の活躍に期待しましょう。ミニスカートのレトナもすごくかわいいのですが、貴族らしさを優先して今の彼女になりました。

シーリャ

シーリャは初期設定から大きな変更はないですが、ちょっと今よりも幼いでしょうか。最強の用務員＆専属料理人にも就労してしまい、もう彼女は実力の底が知れません……。メイド服以外も持ってるのでしょうか？

リルル・マッカートニー

新キャラのリルルです！　白衣という案もあったのですが、本人の口調や性格も踏まえて、今のリルルになりました。左側のリルルは実は黄色いコートを着ています。今後も大魔導伝片手に暴走してくれそうですね（笑）

ニーミ・アストレア

1巻では名前だけでしたが、ついに登場。ラルフとの別れから300年、その間の苦労や経験もあってかとても大人になっていてラルフも驚いたはず。杖のデザインも、わたあめ先生がすごくこだわって考えてくれました！

あとがき

皆様お久しぶりです、ジャジャ丸です。まずは『ぬいぐるみ賢者』第二巻を手にとって頂きありがとうございます。こうして無事に続巻を出すことが出来たのも、ひとえに皆様の応援のお陰です。

さて、そんな形でお送りします本作ですが、ついにティアナが魔法学園に入学し、ラルフが弟子のニーミと再会します。そう、一巻冒頭にちょろっと出てきたエルフ娘ですね。

三百年という永き時を経て変わってしまった弟子に困惑するラルフ、そんな中でティアナもまた落ちこぼれだった過去とランドール領での活躍というギャップから、奇異の視線に晒されます。

新しい環境、新しい出会い。力を求め、体を求めて奮闘する二人ですが、その裏ではついに魔族達が本格的な行動を開始していて――

……というような流れになっておりますが、実のところ一巻を書いた段階では二巻の構想すらまだありませんでした。

一応、小説家になろうにて大元となった作品があったのですが、一巻時点で原型すら消し飛ばす勢いで改稿を重ねたので、二巻はプロットすらゼロの状態から書き下ろしです。

しかし、一巻発売から二巻発売までの間は出来るだけ短くしたいとのご要望。私としても、短いスパンで刊行することの強みは理解出来ますので、それはもう頑張りました。締切との格闘こそ作家の醍醐味ッ!!

とはいえ、私の担当であるNさんは優しいので、いつも「そんなに急がなくて大丈夫ですよ」と言ってくださいます。この優しさが目に染みる!!

もちろん締切を破ったことは今まで一度もないので、いよいよとなったら鬼軍曹と化すかもしれませんが。怖いので試す気にはなれません(笑)

そんなNさんのお陰で、今回もとても面白い作品に仕上がりました。いつも本当にありがとうございます。

イラストレーターのわたあめ様も、お忙しい中本作のイラストを手掛けてくださりありがとうございました。愛らしい絵柄、いつも楽しみにさせて頂いております。

他にも、今作の出版に辺りお力添え頂いた全ての皆様、私がこうして夢の舞台に立てているのは皆様のお陰です。本当にありがとうございます。

それでは、また第三巻で会える日が来ることを祈って、あとがきを締めたいと思います。

GCノベルズよ、永遠なれッ!

GC NOVELS

史上《しじょう》最強《さいきょう》の大賢者《だいけんじゃ》、転生先《てんせいさき》がぬいぐるみでも最強《さいきょう》でした 2

2021年12月6日　初版発行

著者
ジャジャ丸《まる》

イラスト
わたあめ

発行人
子安喜美子

編集
伊藤正和／並木愼一郎

装丁
横尾清隆

印刷所
株式会社エデュプレス

発行
株式会社マイクロマガジン社
〒104-0041　東京都中央区新富1-3-7　ヨドコウビル
［販売部］TEL 03-3206-1641／FAX 03-3551-1208
［編集部］TEL 03-3551-9563／FAX 03-3297-0180
https://micromagazine.co.jp/

ISBN978-4-86716-215-6　C0093

本書は小説投稿サイト「小説家になろう」(https://syosetu.com/) に掲載されていたものを、加筆の上書籍化したものです。

ファンレター、作品のご感想をお待ちしています！

〒104-0041 東京都中央区新富1-3-7 ヨドコウビル
株式会社マイクロマガジン社　GCノベルズ編集部
「ジャジャ丸先生」係 「わたあめ先生」係